KB074565

뒤바뀐 몸과 머리

뒤바뀐 몸과 머리

출 간 일 2014년 12월 20일

지 은 이 토마스 만
옮 긴 이 이태상
펴 낸 곳 자연과인문
북디자인 신은경

대표전화 02)735-0407
팩 스 02)744-0407
주 소 서울시 종로구 낙원동 58-1 종로오피스텔 605호
홈페이지 http://jibook.net
이 메 일 jibooks@naver.com
출판등록 제300-2007-172호

ISBN 979-11-86162-00-2
책 값 13,000

토마스 만 지음
이태상 옮김

자연과 인문

옮긴이의 말

반신반수半神半獸의 인간 수수께끼

아주 어렸을 적에 나에게는 하나의 수수께끼가 생겼다. 몸과 머리, 좀 더 크면서는 몸과 마음, 이 둘이 늘 같이 놀지 않고 왜 때때로 따로 따로 놀게 되는 것일까. 그 한 예로 대여섯 살 때 엄마가 집을 잘 보라고 나를 혼자 두고 외출하시면 엄마가 시키지 않았는데도 나는 집안 청소를 깨끗이 다 해놓고 엄마가 어서 돌아와 칭찬해주실 때만 기다렸다. 하루는 아무리 기다려도 엄마가 안 돌아오시기에 심심해서 책장에 꽂혀있는 책 중에서 이것저것 뽑아 그림 구경을 하는데 어느 한 책 갈피에서 일본 춘화春畵사진이 여러 장 쏟아져 나왔다.

지금 와서 생각해 보면 나보다 열다섯 살 위의 큰 형님이 감춰둔 사진들이었으리라. 가슴이 콩콩하도록 잔뜩 호기심에 차 사진을 뚫어져라 들여다보노라니 나의 어린 고추가 발딱 서지를 않는가. 고것을 만지작거리면서 장난을 치다보니 미치게 기분이 막 좋아지다가 손끝에 기운이 쏙 빠졌다. 이렇게 우연히 자위행위를 일찍 자습자득한 나는 때와 장소를 가리지 않고 수없이 이 '짓'을 하면서 번번이 죽고 싶도록 말할 수 없는 죄책감과 수치심 내지 자책감에 사로 잡혀 괴로워하면서도 그만둘 수 없었다. 물론 건조기乾燥期인 어릴 때는 이슬방울도 맺히지 않다가 사춘기 때는 우기雨期로 접어들더니 이제 내일 모레면 만으로 80이 되는 노년에 이르러서는 제2의 유년기幼年期를 맞아 다시 건기가 되었다. 이렇게 자학自虐과 자중자애自重自愛 사이에 유발된 갈등의 수수께끼는 풀리지 않은 채 남아있었다.

중학교에 들어가 처음 영어를 배우다가 그 뜻이 상반되는 두 가지 영어 속담 구절이 있는 것을 보고 어느 말이 맞는지 몰라서 고민했다. 하나는 '눈에서 멀어지면 마음에서도 멀어진다. (Out of sight, out of mind.)'이고 또 하나는 '떨어질수록 그 더욱 그리워진다. (Absence makes the heart grow fonder.)'라는 말이었다. 둘 다 맞기는 맞는 말일 텐데 어느 말이 어떤 경우에 맞는지 알 수 없어 오랜 고심 끝에 내 나름대로 결론을 내리게 되었다. 주로 상대의 하반신을 좋아하는 경우에는 전자가, 상대의 상반신을 사랑하는 경우엔 후자일 것이라고 말이다. 왜냐하면 남자이건 여자이건 남자는 남자대로 여자는 여자대로 하반신 구조는 각각 다 비슷하지 않은가.

상상 좀 해보자. 남자나 여자나 옷을 홀랑 다 벗고 열이고 백이고 간에 바닷가 모래사장에 누워있는데 큰 비치타올 하나씩 얼굴을 포함한 상반신에 덮어놓으면 누가 누군지 잘 모르지 않겠는가. 세상에 여자나 남자가 딱 한 사람뿐이라면 몰라도 수많은 여자 남자가 있는 이상 하반신의 욕구충족을 위해서는 아무 남자나 아무 여자라도 되지 않겠는가. 말하자면 하반신은 대체代替가 가능하겠지만 상반신의 경우에는 불가능할 것이다. 사람은 얼굴 생김새부터 다 다르고 그 사람의 인격과 개성은 전무후무할 뿐만 아니라 이 세상에 살고 있는 수많은 사람들 가운데 유일무이唯一無二한 까닭에서다.

한창 젊었을 때 여자를 농락하고 차버리는 남자를 가장 비열한 인간으로 경멸하고 타기하면서 나는 결코 그런 남자가 되지 않겠노라고 굳게 마음먹었다. 약자인 여자에게 상처를 주느니 차라리 내가 상처받는 편이 덜 괴로울 것 같아서였다. 그런데 나는 상대편 여자가 계속 좋기만 한데 여자가 날 싫다 하면 눈물을 머금고 아픈 가슴 부둥켜안고라도 물러서면 되겠지만 여자는 나를 계속 좋아하는데 내 쪽에서 먼저 여자가 싫어지면 어쩌나. 곰곰이 생각건대 여자의 하반신을 좋아하는 경우에는 더러 싫증이 날 수 있어도 여자의 상반신을 사랑하는 경우라면 날이 갈수록 시시각각으로 상대를 더욱 더 깊이 사랑하게 될 것 같았다.

그래서 배신을 당할지언정 내가 먼저 상대를 저버리는 일이 없도록 상대편의 마음을 알아보기 전에 우선 나 자신의 마음부터 확인해야겠다고 일부러 상대를 안 만나고 지내보기도 했다. 내가 그 여자의 육체를 탐내는 것인지, 그 여자의 얼굴과 성격과 맘씨를 좋아하는 것인지, 안 만나서 잊혀지는지 아니면 간절히 더 보고 싶어지는지를 알아보기 위해서였다. 그래서인지 몰라도 나와 같은 또래의 남자들은 여자의 얼굴보다 그 여자의 앞가슴이나 (약혼까지 했던 어떤 남자가 여자의 가슴이 절벽이라고 약혼을 파했다는 얘기를 들은 적이 있지만) 히프 (궁할 궁ㅈ자 궁둥이는 과부의 것, 응할 응ㅈ자 엉덩이는 남편 있는 여자의 것, 향내 날 방ㅈ자 꽃다울 방 ㅈ자 방둥이는 처녀의 것이라지만) 또는 각선미에 정신을 파는데 나는 암만 나이를 먹어도 어렸을 때처럼 여전히 여자의 얼굴에서 매력을 느낀다.

그래서였을까. 그 옛날 훗날에 있을 결혼에 대비한 '마스터플랜'까지 짜 놓았었다. 결혼식을 마치고 신혼여행을 떠나 첫날밤을 지낼 때 일부러 신부의 손톱 하나 건드리지 않기로 말이다. 처음엔 신부가 좀 의아해하다가 곧 신랑의 깊은 배려로 간주, 결혼식을 치르느라 심신이 피로했을 것을 감안해서 서두르지 않는 신랑의 깊은 이해심과 인내심 및 굳센 자제력에 감탄하고 남편에 대한 신뢰감과 존경심이 싹트리라. 첫날밤은 그렇게 곱게 '깨끗하게' 넘긴다 하고 이튿날 밤 그 다음날 밤 또 그 다음날 밤도……. 그렇게 한 일주일을 그러다 보면 새색시가 점점 불안과 회의로 자못 초조해지리라.

그러면 그때 가서 나는 내 아내가 되기로 한 사람을 마지막으로 시험해보기로 할 것이다. 잠자리에 들기 전에 술 한 잔씩 들고 마주 앉아 나는 심각한 표정으로 내가 '성불구'라는 '실토'를 연기해보기로 말이다. 못 살겠다면 결혼을 물리기로 하고 그래도 좋으니 살겠다면 그날 밤 나의 '실력'을 유감없이 발휘해 'Sex의 향연'을 벌이기로 하는 것이었다. 결혼해서 살다가 남자가 교통사고로 불구가 된다든지 정치범이나 사상범으로 오랜 감옥살이나 망명생활을 하게 될 때 떠나버릴 여자라면 일찌감치 떠나라는 것이었다. 남자의 사회적 지위나 재산 등을 보고 오는 여자라면 이런 세속적인 가변성 외적 조건의 변수가 없어질 때 떠나버릴 여자가 아니겠는가. 그런 여자와는 처음부터 인연을 맺지 않는 것이 서로를 위하는 길일 뿐더러 두 사람 사이에서 생길 자식들의 불행을 예방하는 길이라 생각했었다. 예전엔 혹시 몰라도 오늘날에 와서 이런 시대착오적인 '플라토닉 러브'를 추구하는 남자가 있다면 그는 당장 정신병원에 평생토록 수감될지 모를 일이다.

정녕 이상과 현실은 하늘과 땅이렷다. 양자 간에는 무한한 거리가 개재한다. 하늘이 땅일 수 없듯이 땅이 하늘일 수는 그 더욱 없으리라. 대자대비大慈大悲의 신神은 하늘에 살고 약육강식弱肉强食의 짐승은 땅에 산다면 신과 동물의 튀기라고 할 수 있는 인간은 어디서 살아야 할까. 모든 인간은 현실을 초월할 수도 망각할 수도 없기에 땅을 밟고 산다. 그렇지만 얼굴만은 하늘을 우러러 살아야 하리라. 이것이 인간된 도리이리라. 진실로 이상은 정말 실현될 수 없는데 그 뜻과 의의가 있을는지 모를 일이다. 하늘이 끝도 한도 없이 높은 것처럼 영원히 실현될 수 없는 이상을 추구함으로써 인간은 끝없이 노력하고 따라서 발전 향상할 수 있으리라. 〈하늘과 바람과 별과 시〉의 시인 윤동주와 같이.

'죽는 날까지
하늘을 우러러
한 점 부끄럼이 없기를'

염원하고 기원하면서 영원한 '인간 수수께끼'를 풀어볼 수밖에 없어라.

제 1 장

Transposed Heads

무사계급의 목축업자 수만트라의 딸로 뒷모습 특히 엉덩이가 기막히게 아름다운 시타와 그녀의 두 남편 이야기는 어찌나 끔찍하고 그러면서도 감각적이고 자극적인지 이 이야기를 듣는 사람은 초인적인 정신력을 갖고 있어야 할 정도이다. 저 별의 별 온갖 무상한 형상과 환상으로 나타나 사람을 홀린다는 여신 마하마야의 유혹이라도 뿌리칠 수 있을 만큼의 다시 말해 이 이야기를 하는 사람의 강심장이 있어야 한다는 뜻이다. 왜냐하면 이런 이야기는 듣기보다 하기가 더 어려울 뿐만 아니라 보다 더한 용기를 필요로 하는 까닭에서다. 자, 어떻든 처음부터 끝까지 그 이야기는 이러하였다.

기억이란 것이 인간의 머리에 처음 떠올랐을 때 마치 제물 담는 그릇이 그 밑바닥에서부터 술이나 피로 차오른다. 그렇듯이 구원의 모성에 대한 향수에 젖은 부계사회의 자궁이 태곳적 그리움의 씨앗을 받아들여 생긴 수많은 순례자들이 어느 화창한 봄날, 사바세계 유모의 품을 찾아 모여드는 그러한 날에 두 젊은이가 우정을 맹세한다. 타고난 천성, 몸의 체질과 생김새가 아주 다른 두 사람의 젊은이다. 열여덟의 난다와 스물 한 살의 슈리다만은 우공복지牛公福祉라 불리는 사원촌락에 살고 있었는데 이 마을은 선인장과 나무울타리로 둘러싸이고 동서남북 사방으로 나 있는 문들은 일찍이 말씀의 여신과 잘 통하는 어떤 떠돌이 도사가 축복을 해주었다고 한다. 그래서 이들 문설주와 위로 가로지른 나무에선 기름과 꿀이 흘렀다.

이 두 젊은이 사이의 우정은 이들의 '나'와 '내 존재'라는 느낌의 다양한 특성, 곧 한 사람의 열망이 또 한 사람의 열망을 열망하는 그 갈증에 있었으니, 이 두 열망을 하나로 통합 합성한다는 것은 고독과 고립을, 고독과 고립은 불화와 다툼을, 불화와 다툼은 비교와 대조를, 비교와 대조는 불안과 걱정을, 불안과 걱정은 경이와 감탄을 일으켜 마침내 상리공생相利公生의 통일과 조화를 찾는다. 이리하여 이차이피以次以彼, 거기나 여기나, 이것이나 그것이나, 이러나 저러나, 이야말로 측천거사測天去私이리라. 특히 젊디젊은 청춘시절 삶이라는 생명의 진흙이 아직 말랑 말랑 부드럽고 연해 '나'와 '내 존재'가 따로 따로 단일한 별개의 개성과 인물로 굳어지기 전에는 말이다.

슈리다만은 그의 아버지처럼 상인이 되었다. 바바부티라 불린 아버지는 옛 인도의 성전 베다 범어梵語 초기 산스크리트어에 능통한 인도 사성四姓 중 제일 계급인 승려계급 브라만 출신이지만 브라만 생활이란 한낱 옛날의 일일 뿐이었다. 바바부티의 아버지 그러니까 슈리다만의 할아버지 때부터 산속의 은둔생활이나 고행 수도자의 길을 기피해온 때문이다. 베다성전 지식을 숭상하는 사람들로부터 시주걸

립施主乞粒하는 삶을 조롱하면서 차라리 비단, 옥양목, 무명 옷감, 녹나무, 백단향 등을 파는 장사꾼이 된 것이다. 따라서 그의 아들 바바부티도 신들을 섬기라고 생긴 애였지만 우공촌락의 상인이 되었고 바바부티의 아들 슈리다만도 몇 년 동안 문법과 천문학 그리고 존재론의 원리를 힌두교 교사로부터 배운 후 그의 아버지 뒤를 따랐다.

소지기인 동시에 대장장이 가르가의 아들 난다의 갈마 업은 슈리다만과 달랐다. 인도사성의 제4계급인 노예계급 수드라에 속하지는 않았지만 전통으로나 유전적으로나 그는 정신적인 것과는 거리가 멀었다. 아니, 그는 그로써 그대로 그였을 뿐이다. 일반 백성의 아들로 태어나 단순하고 쾌활했으며 검은 머리에다 피부색이 짙은 그는 인도신화에 나오는 힌두교 3대신의 하나 비쉬누의 제8화신인 크리쉬나 신의 구현이었다. 대장장이 일을 하노라니 두 팔의 근육이 잘 발달되었고 소몰이 하면서 튼튼해진 온 몸을 그는 겨자기름을 발라 윤기를 내고 금은 장식품과 들꽃으로 장식했다. 그런 몸과 수염도 없이 잘 생긴 얼굴이 훌륭한 조화를 이루고 있었으며 좀 두꺼운 입술과 염소콧수염까지도 그 나름대로 매력적이고 그의 까만 두 눈은 언제나 한결같이 웃음을 담고 있었다.

슈리다만은 자기 자신과 다른 난다의 이 모든 점을 좋아했다. 슈리다만의 피부는 희고 콧대는 칼날처럼 날카로우며 뺨에는 부채모양으로 수염이 나있었다. 운동부족으로 그의 팔다리는 약했고 좁은 가슴에다 작은 배에 살이 좀 붙어 있어 볼품없는 체구였다. 이렇게 두 사람은 힌두교에서 말하는 대자재천大自在天 파괴의 신이며 또 구원의 신이기도 한 시바의 양면을 나타내는 것이었다. 하나는 뛰어난 머리에 달린 쭉정이 같은 몸이요. 다른 하나는 힘 있고 탐스러운 몸에 허수아비처럼 붙어있는 장식품에 지나지 않는 머리였다.

하지만 그렇다고 우주자연의 모태 속에서 삶과 죽음이란 생멸전변生滅轉變의 무상함과 영생불멸의 무궁세無窮世, 무궁아無窮我를 상징하는 시바와 같다는 말은 아니다. 그보다는 둘이 서로의 그림자와 같다는 의미다. 둘 다 제 각기 자기 자신의 '내 존재'에 대해 싫증이 나 제가 갖고 있지 못한 '내가 아닌 존재'에 대해 무한한 흥미와 호기심을 갖게 되었다. 슈리다만은 입술이 두툼한 난다의 투박하고 원시적인 크리쉬나 신성을, 난다는 귀티가 나는 슈리다만의 흰색 피부와 지혜롭고 철학적인 그의 지성을 높이 사고 부러워하면서 둘은 절친한 친구가 되었다. 난다는 슈리다만의 여성적인 피부와 날카로운 코와 정확한 말씨를, 슈리다만은 난다의 염소콧수염과 그의 촌스럽고 단순함을 놀려대면서. 이 같은 희롱이란 자고로 서로를 비교하고 견주는 데서 생기는 어색하고 거북한 느낌을 다루는 하나의 방편으로 이것은 '나'와 '내 기분'에 경의를 표하는 것이며 이렇게 실없이 놀리는 짓은 결코 갖가지 감각적 환상을 불러일으키는 여신 마하마야에게서 태어나는 그리움이란 자식을 조금도 다치지 못한다.

제 2 장

Transposed Heads

자, 그런데 때는 이제 한창 봄이라 새벽부터 새들이 지저귀는 소리로 잠을 깨워주니 난다와 슈리다만도 늦잠을 못자고 자리에서 일어나 함께 길을 떠났다. 제 각기 볼 일이 있어 이들은 하루 하고 반나절을 걸었다. 마을과 산골 숲과 황무지 벌판을 거쳐 둘 다 무거운 짐 보따리 하나씩 메고 걸었다. 난다의 짐 속에는 빈랑나무의 열매, 자패紫貝 조가비, 그리고 발뒤꿈치를 붉게 물들이는 데 쓰는 참피나무의 인피섬유 등이 있었다. 이런 물품을 주고 그가 필요로 하는 철광석을 구해오기 위해서다.

슈리다만의 짐은 암사슴가죽에 바느질한 각양각색의 옷감이었다. 제 짐만도 무거운데 난다는 틈틈이 몸이 약한 슈리다만의 짐까지 져주었다. 이제 막 이들이 다다른 곳은 여신 칼리에게 참배키 위해 멱감는 장소였다. 힌두교 3대신의 하나인 비쉬누가 꿈에 취해 현신불現身佛로 나타나 온 세상과 그 안의 모든 것을 포용하는 우리 모두의 어머니가 되었다는 여신에게 말이다. 깊은 산속으로부터 흘러내리는 한갓진 곳에 있는 이 개울물은 갠지스 강으로 이어지고 여러 개의 하구를 통해 바다로 흘러든다. 이러한 물줄기 강어귀 곳곳에 옛부터 멱감는 데가 있어 사람들이 몸을 씻고 정화하는 재계齋戒의식을 갖는다.

그런데 이 두 친구가 접근하게 된 곳은 사람들이 밤낮으로 많이 찾아오는 그런 널리 알려진 장소가 아니고 아주 조용하고 외딴 구석이었다. 냇가 언덕위에는 목조로 된 아주 작은 사원이 있었다. 다름 아닌 모든 인간의 욕망과 희열의 여왕을 기리는 집으로 지하의 광인 움위로 구근球根 구경球莖 형상의 탑이 우뚝 솟아있고 샘터로 내려가는 나무층계까지 있었다. 뜻밖에 이런 곳을 발견하게 된 두 젊은이는 좋아서 어쩔 줄을 몰랐다. 벌써 한낮이어서 몹시 더웠다. 철 이르게 갑자기 여름이 성큼 다가서기라도 하듯이 집 옆으로는 망고과수, 티크나무, 카담바나무, 목련, 위성류渭城柳와 종료나무가 있어 쉬어가기에 더 이상 바랄 수 없는 휴식처였다.

이들은 제일 먼저 종교적인 의례를 치르기 위해 물가에 놓여있는 그릇으로 물을 떠서 주문을 외고는 냇물로 들어가 물도 마시고 몸을 씻었다. 그런 다음 물 밖으로 나와 나무그늘에 앉아 먹을 것을 나누었다. 난다는 그의 보리떡을 슈리다만은 그의 과일을 내놓았다. 이렇게 떡과 과일로 요기를 하고 나서 둘은 이야기를 나누고 있었다. 이처럼 좋은 곳에서 쉬어갈 수 있게 된 것을 다행스러워하며……. 등藤과 대나무의 쭉쭉 뻗은 가지에 달린 잎들과 꽃들이 바람에 살랑거리고 그 사이로 물가로 내려가는 층계가 보였다. 나뭇가지와 가지 사이로는 여러 가지 수초가 매달려 그 꽃들이 일종의 화환을 이루고 있었다.

숲속으로 나는 새들이 지저귀는 소리가 수풀 속의 벌레소리와 어울려 훌륭한 화음이 되고 이 모든 초목의 싱그러운 향훈이 공중에 가득 차 있었다. 사람을 취하게 하는 재스민의 향기며 백단향에 난다가 목욕하고 나서 몸에 바른 겨자기름냄새까지 가미되었다. 이와 같이 감미로운 분위기에서 둘은 얘기를 나눈다. 슈리단이 먼저 입을 열었다.

"지금 우리가 바로 이곳에 이렇게 있다는 것이 마치 목마르고 굶주리며 늙고 죽는 삶의 순환 고리 밖으로 벗어나 있기라도 하듯 한없이 평화스럽게 태평하지 않은가. 잠시도 쉬지 않고 회전하는 삶의 소용돌이에서 벗어나 아무 움직임 없는 그 한가운데서 크게 숨을 쉬고 마음을 놓은 상태 아닌가. 이 얼마나 기분 좋게 조용한가. 조용하다는 말은 우리가 뭣을 듣고자 할 때 쓰고, 듣는다는 것은 침묵이 있는 곳에서만 가능하며, 침묵은 따라서 모든 것을 우리로 하여금 듣게 해주지 않던가. 그래서 모든 것이 정지되어 고요한 정적 속에서 우리는 그 침묵의 소리를 들을 수 있지."

이 말을 받아 난다가 대답한다.

"형 말이 맞아. 시장터의 시끄러운 가운데서는 들을 수 없으니까. 그렇다면 아무 소리도 없는 상태가 열반의 경지란 것 아닐까?"

"아니지"

웃음을 참지 못하며 슈리다만이 말했다.

"지금껏 아무도 생각조차 해본 사람이 없었을 거야. 너는 말 안 되는 것 같으면서 말이 되는 소리를 잘 해. 내 횡격막을 수축시켜 웃다 못해 울도록 만들어. 그러고 보면 웃는다는 것과 운다는 것이 같다는 것. 그래서 쾌락과 고통을 구별하고 어떤 것을 좋다 마다 한다는 것이 그 얼마나 큰 착각인지 깨닫게 해준단 말이야. 그러니 난 너를 보노라면 이것저것 둘이면 둘 다 좋다고 할 수 있고 둘 다 나쁘다고 할 수 있음을 알게 돼. 우리가 세상을 살아가면서 우리를 감동시키는 일들이 많지만 가장 감동적인 것은 웃음과 눈물을 동시에 자아내는 일이지. 너의 엉뚱한 소리가 날 가슴 아프게 한다니까."

"아니 내가 네 가슴 아프게 한다니 그게 무슨 말이야?"

난다가 반문한다. 이 말에 슈리다만이 대답한다.

"너는 말하자면 물위로 솟아올라 하늘 보며 비로소 꽃잎을 여는 연꽃처럼 웃고 우는 인생고해를 초탈하고 달관할 필요를 느끼는 부류에 속하지 않고 삶 그 자체에 행복하게 열중하여 너 있는 그대로 더할 수 없이 유복하고 잘 사는 사람인데, 그래서 사람들이 널 보기만 해도 기분이 좋아지는데, 그런 네가 갑자기 생뚱맞게도 열반이 어떻다고 말을 하니 날 웃기는 동시에 울리니까 하는 말이야."

"이봐, 슈리다만 내 말 좀 들어보라고. 난 형 말을 알아들을 수가 없어. 형은 내가 삶에 열중한다고 연꽃 같지 못하다고, 또 내가 열반에 대해 관심을 좀 가져보려 한다고 안쓰러워하면서 우습게 생각하는 것 같은데 그런 형이 내게는 좀 안 돼 보여. 내가 보기엔 형이 쓸데없이 어렵고 복잡하게 생각하는 것 같아 안타깝다고."

"뭐라고 너 보기에 내가 안 됐다고?"

좀 놀란 듯이 슈리다만이 되묻는다.

"슈리다만, 형이 베다성전을 읽어 존재한다는 것에 대해 많이 알고 있겠지만 그렇지 못한 사람들보다 형은 더 모를 수가 있는 것 같아. 우리가 지금 앉아있는 이 자리에선 세상 사람들이 먹고 살기 위해 바삐 돌아가는 소리가 들리지 않아 우리가 인생 고해밖에 있다느니 고요한 정적이니 라고 형이 생각하지만 이 침묵 속에서도 수많은 일이 일어나고 있을 거야. 사랑하느라고 새들은 꾸르륵하는 것일 테고, 벌과 벌레들이 날고뛰고 기어 다니는 것은 제각기 저마다 먹이를 찾아다니느라고, 그리고 비록 우리 귀에는 안 들리지만 풀숲은 그 속에서 죽기냐 살기냐의 생존경쟁 소리로 가득 차 있겠지. 나무를 끌어안는 덩굴 풀은 나무의 수액을 빨아먹고. 이런 것이 삶의 참된 모습 아닐까?"

난다의 이 말에 슈리다만이 대꾸한다.

"아무렴, 그렇고말고. 삶이란 현실에 나도 눈을 감진 않아. 현실에 나타나는 진실을 찾아보라고 언어에 시詩라는 것이 있는지도 몰라."

그러자 난다가 재미있다는 표정으로 말을 받는다.

"아, 그렇구나. 그렇다면 똑똑한 사람 바보 만드는 것이 시라는 얘기 같은데 형처럼 똑똑한 사람들은 나 같은 바보를 골탕 먹인단 말이야. 바보는 똑똑해지고 싶은데 똑똑해지기 전에 먼저 바보스러워지라니 무슨 소리인지 난 못 알아듣겠어."

"난다, 내 말은 사람이 똑똑해져야 한다는 것이 아니야. 자, 우리 여기 풀밭에 누워 나뭇가지들 사이로 하늘을 보자고. 누워있는 자세로 우리 눈이 이미 하늘을 향하고 있으니까 우리가 하늘을 쳐다 볼 필요가 없다는 얘기지. 지구 땅덩어리가 하늘을 바라보듯 우리도 그렇게 보면 돼."

"시야(그렇군. 고대, 중세 인도 북중부의 방언 프라크리트어로)"

난다가 서툴게 문자를 쓰자

"시야트!"

라고 슈리다만이 난다의 틀린 발음을 고쳐준다. 이에 난다가 투덜댄다.

"시야트, 시야트, 그래 시야트야, 까다롭기는. 그냥 좀 놔두지 않고서. 모처럼 유식하게 말 한 마디 해보려다가 무안만 당했지 않아. 마치 콧구멍에 밧줄 낀 송아지 콧소리 같다니, 나 원 참!"

이 말에 슈리다만도 따라 웃는다. 둘은 풀밭에 나란히 누운 채 흔

들리는 나뭇가지들 사이로 푸른 하늘을 바라본다. 꺾은 나뭇가지로 몸에 달라붙는 붉고 흰 빛을 한 파리들을 쫓으면서. 슈리다만의 말대로 대지가 창공을 바라보듯 하기 위해서라기보다 단순히 그가 타고난 좋은 성품에서 난다는 친구가 하자는 방식으로 따라해 보는 것이었다. 이렇게 누워있던 난다가 벌떡 일어나 앉으면서 꽃 한 송이를 입에 물고 말한다.

"인타라因陀羅 새끼는 정말 몹시 성가신 존재야."

인도 신화에서 천둥과 비를 관장하는 베다교의 으뜸 신神 '인타라의 새끼'라고 불리는 파리를 가리켜 난다가 하는 말이다.

"아마 내 몸에 바른 겨자기름 냄새 맡고 덤벼드나봐. 아니면 그들을 보호해주는 천둥번개의 신으로부터 우릴 괴롭히라는 지시라도 받아서인지."

"또 터무니없는 소리 좀 그만해."

슈리단이 말하자

"그럼 그러지 뭐."

난다가 답한다.

제 3 장

Transposed Heads

한동안 둘은 말없이 잠자코 있었다. 슈리다만은 누운 채 하늘을 바라보고 난다는 앉은 자세로 무릎을 세워 두 팔로 껴안고서 만물의 어머니를 상징하는 여신 칼리에게 참배 목욕재계하는 멱감는 샘터를 나무들 사이로 내려다보고 있었다.

"쉬잇! 천둥 번개! 전광석화!"

둘째손가락을 그 두툼한 입술에 갖다 대고 난다가 갑자기 속삭였다.

"슈리다만, 어서 일어나 앉아 가만히 저 아래 좀 봐. 멱 감으러 내려가는 저기. 눈 좀 크게 뜨고 잘 보란 말이야. 우린 볼 수 있어도 저 여자는 우릴 못 봐."

한 젊은 아가씨가 멱 감기 위해 입었던 옷 저고리 보디스와 두르는 치마 사리를 층계에 벗어놓고 목에 건 구슬목걸이와 귀에 달린 귀걸이 그리고 숱이 많은 머리에 맨 흰색 리본 말고는 아무 것도 걸치지 않은 알몸으로 발가벗고 서있었다. 그 몸매가 눈부시도록 아름다웠다. 두 젊은이의 숨이 막힐 지경으로. 그야말로 사람을 홀린다는 여신 마하마야임에 틀림없었다. 매혹적인 피부색이 너무 검지도 희지도 않은 황금빛을 띈 갈색이었다. 우주만물의 창조신으로 사바세계를 주재한다는 바라문교의 교조인 조화의 신 범천梵天의 최고의 걸작으로 두 어깨는 사랑스럽기가 어린애 같고 엉덩이의 곡선미는 골반의 깊은 계곡을 더할 수 없이 향기롭고 감칠맛 나게 감싸주며 꽃망울 같은 두 젖가슴은 탄력 있게 풍만한 두 엉덩이 살과 함께 애타게 가냘픈 허리와 극도의 조화를 이루고 있었다. 소녀가 가는 두 팔을 올려 고개 뒤로 두 손을 깍지 끼어 맞잡는 순간 그 유연한 동작을 따라 그 고운 겨드랑이가 다소곳이 검게 드러나 보였다.

"우리 어서 소리 내지 말고 가만 가만히 자리를 뜨자. 이렇게 몰래 벌거벗은 여자의 알몸을 엿본다는 것이 옳지 않아."

처녀한테서 눈길을 떼지 못하면서도 슈리다만은 난다의 귓속에다 숨 가쁘게 말한다. 두 손을 저으면서 난다가 소리죽여 숨차게 항의한다.

"왜 안 돼? 우리가 여기 먼저 와있었는데. 무슨 소리야. 저렇게 아름다운 모습을 어떻게 그만 볼 수 있어. 형은 그럴 수 있겠어? 솔직히 말해봐. 형 눈이 벌써 벌겋게 잔뜩 흥분해 있으면서."

"쉬잇, 조용히 해. 웃을 일이 아니야! 우린 지금 성스럽도록 거룩한 모습을 보는데 경건한 마음으로 봐야지."

이렇게 슈리다만이 주의를 주자 난다가 지지 않고 대꾸한다.

"물론이야. 결코 농담할 일이 아니지. 그러나 형이 뭐라 하든, 이렇게 황홀한 즐거움이 또 어디 있겠어. 형은 땅바닥에 누워 하늘을 보자고 했지. 그런데 때로는 지금과 같이 일어나서 앞을 똑바로 바라봄으로써 하늘 아니 천국을 볼 수 있단 말이야."

둘은 꼼짝도 않고 한동안 정신없이 여인을 지켜보았다. 좀 전에 그들 자신이 그랬듯이 금갈색 처녀가 두 손 모아 기구하면서 물속에 몸을 담가 씻는 동안 그녀의 몸뿐만 아니라 얼굴도 똑똑히 볼 수가 있었다. 두 귀걸이 사이로 윤곽을 드러내는 그 달콤한 얼굴은 작고도 예쁜 코와 입과 이마에다 연잎처럼 갸름한 두 눈이 그 신비스럽게 아름다운 몸매에 아주 걸맞은 특징들로 사랑스러운 모습의 극치였다.

"아, 난 저 여자를 알아!"

갑자기 손가락마디를 꺾어 딱 소리 내면서 난다가 급하게 중얼거린다.

"이제야 알아보겠어. 이 근처 마을에 사는 수만트라의 딸 시타야. 내가 왜 진작 알아보지 못했을까. 그네까지 내가 태워준 아가씬데."

"뭐라고? 그네까지 네가 태워줬다고!"

다급하게 슈리다만이 묻는다.

"그럼 그랬지. 그 마을 사람들 다 보는 앞에서 하늘 높이 내 힘껏 그네를 태워줬지. 옷을 입고 있었으면 당장 알아보았을 텐데 발가숭이를 어떻게 단숨에 알아채겠어. 저 아가씨는 이 근처 들소마을의 시타야. 작년 봄 그 마을에 사시는 이모님 찾아갔다가 마침 그때 열리는 태양축제에서 만났었지. 그런데 저 여자는 아주 착하고 좋은 여자야"

"이봐, 난다, 그만해 둬. 제발 좀 비는데 나중에 얘기해."

걱정스러운 어조로 슈리다만이 난다의 말을 중단시킨다.

"우리 말소리 듣고 저 여자가 놀라면 어떡하라고."

"어떡하긴 우릴 피해 달아나겠지. 그러면 형이 실컷 보지도 못했는데."

곯리듯 짓궂게 하는 난다의 말을 슈리다만이 몸짓으로 가로막는다. 머리끝까지 물속에 집어넣었다가 나오고 또 들어갔다가 나오면서 들락날락하던 시타가 물 밖으로 나와 층계에 비스듬히 앉아 젖은 몸을 햇볕에 말리는 것이었다. 주위에 사람이 있음을 전혀 모르고 있는 것이 분명했다. 얼마 후 천천히 옷을 입고 그녀는 사원의 층계를 올라 사라졌다.

"자, 이제 볼 것 다 보았으니 마음 놓고 말도 하며 몸도 움직일 수 있게 되었네. 있으면서 없는 것같이 숨죽이고 있자니 그것도 오래 못할 짓이야."

이렇게 말하자 아직도 제 정신 아닌듯한 슈리다만이 난다를 나무란다.

"네가 어떻게 그렇게 말할 수 있는지 난 이해를 못하겠어. 그토록 아름다운 모습을 바라보느라 숨조차 제대로 못 쉴 만큼 열중하는 무아경 이상의 행복이 세상에 어디 있겠는가 말이다. 너도 생각 좀 해보라고. 숨도 못 쉴 정도라면 이것이 그녀의 얼굴을 더 좀 볼 수 없게 될까봐서라기보다는 주위에 아무도 보는 사람이 없다고 믿는 그녀의 순진한 믿음을 배신하게 될까봐서 그랬을 거야. 그 때문에 난 떨었어. 그리고 말할 수 없는 절대적인 책임감까지 느꼈던 거야. 그녀의 이름이 시타라고 했나? 알게 돼서 난 기뻐. 난다, 네가 그네를 태워주느라고 시타를 알게 되었다고?"

"슈리다만, 형이니까 얘기지만 우리가 방금 엿본 그 아가씨는 지난해 봄에 태양신을 섬길 '태양녀'로 뽑혔었어. 그래서 내가 그네를 태워줬던 거야."

"난다, 야 너 참 운 좋았구나. 언제나 넌 운이 좋은 친구야! 네 팔심이 센 줄 알고 너보고 그네 태워 달라 했겠구나. 상상만 해도 미치겠다."

"슈리다만, 내 말 좀 들어봐. 어떻든 그 여자는 기도하고 참회해야 해. 무슨 나쁜 짓을 해서가 아니고 너무 잘생겼기 때문에야. 하기는 그렇게 생긴 것을 어떡하겠어. 그렇지만 그 여자 자신이 책임져야지. 그런 몸매론 사람을 잡으니까. 어떻게 잡느냐고? 우선 우리부터 사로잡히지 않아? 쾌락과 욕정의 세계로 끌어들여 속세의 중고重苦와 번뇌에 그 더욱 깊이 빠뜨리고 숨넘어가도록 우리 정신을 잃게 만드니까. 비록 의도하지 않는다 해도 그런 결과를 초래하는 것은 그 여자 자신이니까 말이지. 그런데 말이야, 그 여자의 연잎 모양의 눈을 보면 그 눈길이 그 여자의 의도인 것처럼 보이기도 해. 형은 내게 말하겠지. 그 여자의 외모는 그 여자가 얻어가진 것 아니고 타고난 것이라고. 그리고 그 점에 대해 그 여자가 참회하거나 후회할 일 아니라고. 그러나 세상에는 주어진 것이냐 얻어가진 것이냐의 차이가 없는 경우들이 있어. 아마 그 여자 자신도 이런 사실을 알고 자기가 그렇게 얻어가진 것에 대해 용서를 빌고 있을지도 몰라. 그런 몸매는 그냥 받은 것이 아니야. 틀림없이 그 여자 자신이 그렇게 가꿔 만들었을 거야. 그러니 그 여자가 아무리 목욕재계를 자주 또 많이 한다 해도 소용없어. 그 더욱 날로 더 아름다워지고 매혹적이 될 테니까."

"난다, 네가 그렇게 거칠고 상스럽게 얘기해선 안 돼. 그토록 가냘프고 거룩하도록 아름다운 존재에 대해서 말이야. 옳아, 네 딴에는 잘 모르는 형이상학적인 세계로 원정을 나가본 것이겠지만 네 말이 좀 심한 것 같아. 네가 갖고 있는 지식으로는 그 아름다운 정체를 볼 수 없는 것이 당연한지도 몰라. 그 이유는 세상 모든 것이 우리가 어떤 눈으로 다시 말하자면 어떤 마음과 생각으로 바라보느냐에 달렸을 테니까."

이와 같은 슈리다만의 우정 어린 책망에 난다는 반발하지 않고 천진스럽게 말한다.

"그럼 좀 가르쳐 줘. 다우지형. 형은 어떤 정신으로 바라보았기에. 그리고 난 또 어떻게 했어야 했는지."

이렇게 난다가 사정하자 슈리다만이 말한다.

"난다, 잘 좀 들어 봐. 모든 것은 두 가지 다른 형태로 존재해. 한 가지는 스스로를 위해서고 또 한 가지는 자기 아닌 다른 것들 눈에 띄기 위해서지. 하나는 있는 그대로 존재하는 것이고 또 하나는 보이기 위해서. 이것은 곧 혼과 그 이미지 영상인데 언제까지나 그 이미지만 보고 그 속을 못 본다는 것은 어떤 사물의 겉껍데기만 취하고 그 속 알맹이는 버리는 것과 다를 바 없는 어리석은 짓이지. 예를 들자면 길거리에서 구걸하는 누추한 거지를 대할 때 꼴 보기 싫은 느낌을 우리는 뛰어넘을 필요가 있어. 우리 눈과 감각에 와 닿는 감정에 머물러서는 안 되지. 우리 감각에 영향을 미치는 것은 현실의 그 어떤 진실이 아니고 인상일 뿐이야. 그러니 그 인상이라는 장막 뒤에서 어떤 일이 실제로 일어나고 있는지 알아야지. 우리가 봐야 할 것은 어떤 자연과 인간사회현상 그 자체가 아닌 그 이상이어야 해. 그런 현상을 통해 진짜 현실 그 진실과 그 핵심인 혼을 발견해야 한다는 말이야.

그러자면 우리 보기 싫은 것을 외면 안하는 것만으로는 충분치 않아. 마찬가지로 우리가 우리 욕정에 사로잡혀서도 안 된다는 얘기지. 아름다운 이미지가 불러일으키는 욕정에 말이야. 이 아름다운 이미지란 것도 그 실상인즉 이미지 이상이기 때문이야. 설령 감각적으로 아름답다고 느끼게 해주는 유혹이 보기 흉한 것 안 보려는 우리의 반작용보다 더 강한 것이라고 해도. 그렇다고 그 아름다운 것을 우리가 아름답게 느끼기 위해 우리의 양심이 있어야 한다든가 그 속에 들어가 봐야 한다는 말도 아니지. 그렇지만 그 반대로 거지의 경우 그 볼썽사나운 거지꼴은 그런대로 우리 양심을 찔러주고 그 거지 탈속의 사람을 만나보도록 유도할 수 있다는 거야. 따라서 그 참된 존재에 대해 알아보지 않고 우리가 보기에 아름다운 눈요깃감만 즐기며 포식한다는 것은 우리가 거지의 겉모습만 보고 얼굴 돌리는 것과 같지 않겠어.

그래서 내가 생각하고 판단하기엔 여자는 우리를 못 보는데 우리만 그 여자를 엿본다면 우린 말하자면 더 큰 빚을 지는 거야. 난다, 우리가 엿본 그 여자의 이름이 수만트라의 딸 시타라고 네가 내게 알려준 것은 정말 네가 내게 큰 은혜를 베풀었다고 해야겠어. 왜냐 할 것 같으면 내가 그 여자의 이미지 이상의 것을 이제 알게 되었으며, 이름이란 그 사람의 신원과 본질, 그 사람 혼의 일부라고도 말할 수 있을 테니까. 더욱 날 기쁘게 해준 것은 그 마을 사람들이 가장 착하고 순수한 처녀로 그들이 숭배하는 태양신을 섬기도록 그 여자를 '태양녀'로 뽑았다는 사실이야.

이와 같은 사실을 내가 이제 알게 되었다는 것은 내가 드디어 그 여자의 이미지 이상의 바로 그 여자의 혼을 조금이나마 이해할 수 있게 되었다는 얘기가 돼. 그 여자가 눈을 연잎 모양으로 화장한 것이 도의와 윤리와는 아무 상관없는 단지 하나의 관습에서라고 네가 말할는지 몰라도 내 생각에는 그런 눈화장조차도 관습이란 도덕관념에서 천진무구함으로 했을 거야. 결국 아름다움도 그 자체의 이미지에 충실할 수밖에 없지 않겠어. 어쩌면 그 자체의 이미지를 아름답게 충실히 살리는 것이 그 자체의 혼을 찾아내는 길이 될는지도 몰라. 틀림없이 수만트라는 훌륭한 아빠이고 엄마도 아주 좋은 여자일 거야. 그런 부모님을 모시고 시타가 집안에서 맷돌로 강냉이도 갈고 화덕에 죽을 쑤며 털로 가는 실을 짜는 모습 상상이 되고도 남아. 무슨 말인가 하면 그 여자의 이미지만 바라본 죄책감에서 그 이미지가 그 이미지 이상의 사람이 되기를 간절히 바라고 원할 뿐이란 거야."

"형의 말 다 잘 알아들을 수 없어도 조금은 알 것도 같아."

잠자코 듣고만 있던 난다가 조심스럽게 말한다.

"슈리다만, 그런데 말이야. 형과는 달리 내게 있어 시타는 처음부터 형이 말하는 그런 이미지가 아닌 사람이었어. 내가 그네까지 태워준."

이 말에 좀 흥분하듯 격앙된 목소리로 슈리다만이 말을 계속한다.

"하기는 너무하다 할 정도로 그렇지. 그렇고말고. 그네 태워줄 정도로 네가 그 여자를 가까이할 수 있었던 것은 순전히 튼튼한 네 몸과 힘센 네 두 팔 덕이었지 네 머리나 그 머리로 하는 생각의 혜택이 아니었어. 그래서 가능했던 친숙감 때문에 네 눈에는 그 여자가 순전히 하나의 물질적인 육체로밖에 안 보였을 거야. 그렇지 않고서야 네가 그렇게 불경스럽게 말할 수 없었을 테니까. 그렇다면 난다, 넌 모른단 말이니? 어린애고 처녀고 애기 엄마고 백발의 할머니고 간에 모든 여자의 모습에는 모든 것을 키워주는 우주만물의 어머니로 여성의 본질 성기를 상징하는 여신 삭티가 숨어있다는 것을. 그러니 여자의 자궁은 우리 모두의 영원한 고향이고 여자의 모든 형상을 우리는 끝없이 사모하며 예찬하지. 그런데 바로 그런 여신이 오늘 우리에게 그 가장 아름답고 매혹적으로 더할 수 없이 숭고한 모습으로 나타났던 거야. 그래서 이렇게 내 목소리가 떨리나봐. 이런 신성불가침의 현상을 모독하는 것 같은 네 말투에 난 화가 좀 나기도 하고."

이 말에 난다가 대답한다.

"슈리다만, 정말 형의 뺨과 이마가 벌겋구나. 그리고 형의 음성이 떨리기는 해도 보통 때보다 더 큰 소리로 말하고 있어. 사실은 나도 감동했어."

"난다, 그렇다면 난 더 이해를 못하겠어. 사실은 못할 것도 없지. 너는 그 여자의 일면만 보았을 테니까. 그 여자는 그 어떤 한 가지가 아니고 모든 것인데. 우리를 살리기도 하고 죽게도 하는, 사람을 사로잡아 홀리는가 하면 자유롭게 풀어주기도 하며 감각적인 아름다움에 취하게 하는 동시에 영혼의 아름다움 곧 진리를 찾게 해주는."

난다의 까만 눈동자가 눈물로 반짝이며 빛나고 있었다. 형이상학적인 얘기를 듣기만 하면 그는 언제나 크게 감동해 우는 버릇이 있었다. 특별하게도 오늘 이 순간에는 슈리다만의 말이 더욱 감동적이었다. 그는 그의 염소코로 울음 섞인 숨을 깊이 들이쉬고 나서 더듬거린다.

“다우지형, 오늘처럼 엄숙히 형이 말하는 것을 내가 들어본 적이 없어. 더 이상 말하지 말아줘. 못 견디겠어. 그러면서도 더 듣고 싶단 말이야. 영혼이란 것, 우릴 묶고 있다는 삶의 고리 그리고 모든 것을 포용한다는 만물의 어머니란 여신에 대해서.”

“난다, 그래서 말인데 그 여자는 우리를 매혹시킬 뿐만 아니라 깨우쳐 지혜롭게 해준다는 거야. 내 말에 네가 감동된다면 그것은 그 여자가 언어의 여신으로 변신해서 우주만물의 창조신 범천 브라마의 지혜로 말씀해주시기 때문이야. 그 여자는 두 가지 모습을 하고 있어. 영혼과 육체로. 비쉬누신의 상대 마하마야 여신이 바로 그 여자야. 여신이 남신을 끌어안고 남신은 여신의 품안에서 꿈을 꾸지. 그리고 우리는 그 남신 속에서 꿈을 꾸고. 수많은 물줄기들이 갠지스 강으로 흘러들고 갠지스강물은 바다로 가고.

마찬가지로 우리는 비쉬누신의 꿈속으로 흘러들었다가 다시 만물의 어머니 여신의 품속으로 들게 돼. 보라고, 우리 삶의 꿈이 저 신성한 샘터 멱감는 데로 흘러들었더니 그 곳에서 모든 것을 받아들이는 만물의 어머니 자궁 속에서 우린 오늘 목욕하지 않았나. 그러면서 그 여신의 생식기를 상징하는 그릇에 물을 부었더니 바로 그 여신이 우리 눈앞에 알몸으로 나타난 것 아니었나. 세상에 링가와 요니(힌두교에서 말하는 남녀의 성기 자지와 보지) 이상 가는 상징이 없고 남녀화합 이상의 환희란 없다네.

신랑, 신부가 서로를 맞아. 나는 하늘 그대는 땅, 나는 노래 그대는 춤, 우리는 같이 가리라 할 때 이렇게 결합하는 두 사람은 남자-여자 사람이 아니고 한 쌍의 신이 되어 이들의 음악소리가 깊은 골짜기로부터 하늘 끝까지 메아리친다네. 이리하여 우리는 지혜의 샘에서 멱을 감고 '나'라는 자아의 미망과 착각을 벗어난다네. 이렇게 황홀한 무아지경에서 육체와 영혼이 하나 되듯이 삶과 죽음도 사랑으로 하나가 되는 것이라네."

이 같은 형이상학적인 말에 난다는 완전히 매혹되어 너무도 감격한 나머지 눈물을 쏟고 고개를 저으면서 감탄한다.

"아, 그렇구나. 말의 여신이 브라마신의 지혜를 주어 형이 그 모든 것을 알게 해주었구나. 그러니까 형은 내게 절대 필요하다니까. 내가 갖지 못한 지식을 형이 다 갖고 있으니 내가 갖고 있는 셈이지. 난 형의 친구니까. 그러니 난 형의 일부로서 얼마만큼은 적어도 슈리다만이야. 그러나 형 없이는 난 난다일 뿐이고. 그것으론 안 돼, 부족해서. 그래서 난 형과 떨어질 수 없어. 형과 헤어지느니 차라리 난 불에 타 없어지겠어. 그건 그렇고 이걸 받아."

그는 짐을 뒤져 식후에 씹으면 냄새가 좋은 빈랑나무껍질 한 묶음을 슈리다만에게 준다. 우정의 선물로.

제 4 장

Transposed Heads

이제 그들은 각자 제 볼 일 보러 제 갈 길을 갔다. 줌나 강가에 이르자 소달구지 우차와 마차들이 다니는 큰 행길로 해서 슈리다만은 쌀 찧는 절굿공이와 땔 나무 장작을 파는 사람을 찾아갔고 난다는 그의 아버지 대장간에서 쓸 철광석을 구하러 좁은 뒷길로 천민들이 사는 개펄마을로 향했다. 3일 뒤 같은 장소에서 같은 시간에 만나 같이 돌아가기로 하고.

사흘이 지나 난다는 약속한 장소에 먼저 와 기다렸다. 그의 철광석 짐을 나르는 회색 당나귀 한 마리와 함께. 약속한 시간이 지나도록 슈리다만은 오지 않았다. 그런지 얼마 안 있어 슈리다만이 나타났다. 지친 듯 그는 기운이 하나도 없어보였다. 난다를 보고도 반가워하는 기색도 없이. 난다는 얼른 슈리다만의 짐을 받아 제 당나귀 짐에 같이 얹었다. 그래도 슈리다만의 기분은 조금도 나아지는 것 같지 않았다. 같이 걸으면서 난다가 말을 걸어도 건성으로 대꾸하는 둥

마는 둥 하며 길을 가다 쉴 때도 그는 뭘 먹을 수도 밤에 잠을 잘 수도 없다 한다.

슈리다만은 몸이 어딘가 많이 아픈 것이 분명했다. 그 다음 날 저녁 달도 없이 별빛 따라 길을 좀 걷다 말고 난다가 걱정이 되어 다시 묻자 슈리다만 말이 병나긴 정말 났는데 고칠 수 없는, 그냥 앓다 죽을 수밖에 없는 병이란다. 그의 말인즉슨 그 병의 성질상 그는 죽어야할 뿐만 아니라 죽고 싶다는 것이다. 그가 죽어야 할 당위성과 그가 죽으려는 의지가 전적으로 혼연일체가 된 상태라서 이 둘을 따로 분간할 수 없을 뿐더러 이 둘이 야합하여 어쩔 수 없는 간절한 욕구가 생겼다며 그는 난다에게 애원한다.

"난다, 네가 정말 둘도 없는 내 다정한 벗이거든 내 청을 꼭 좀 들어 줘. 이 불치의 병이 내 속에서 날 말할 수 없이 괴롭히고 있으니 제발 네가 날 위해 화장용 장작더미를 쌓아 주려무나. 불에 타죽는 것이 차라리 덜 괴로울 것 같아서 하는 말이다."

아이고 맙소사. 이 웬 일일까? 난다는 생각하면서 그래도 정신을 잃지 않고 침착하게 말한다.

"슈리다만, 형의 말처럼 병이 정말 낫지 않는 병이고 그토록 괴롭다면 형이 시키는 대로 하지. 형 옆에 형과 나란히 같이 나도 누울 수 있을 만치 장작더미를 크게 쌓을 거야. 난 형 없이 못 살아. 그러니 나도 형과 같이 죽을 거야. 형과 함께 불길로 뛰어들겠어. 그러나 그러기 전에 뭣 때문에 그토록 형이 괴로워하는지 나도 좀 알아야겠어.

도대체 웬 일이야. 그리고 병명이 뭐야. 뭔지 알아야 그 병이 불치의 병인지 아닌지 알 수 있지 않겠어. 그런 후에 나도 죽을 준비를 해야지. 내 진심을 형이 조금이라도 알아준다면 말 좀 해봐. 내가 형 입장이 되어 형의 머리로 생각해볼 수 있다면 좋겠어. 우리가 극단적으로 우리 목숨 끊어버리기 전에 정말 형의 병을 고칠 수 없다는 것을 확인해 보게 제발 좀 얘기해봐."

두 빰이 홀쭉하게 여윈 슈리다만은 아무 말 않고 한참을 잠자코 있더니 고작 한다는 말이 증거도 설명도 필요 없다는 것이다. 그래도 난다가 계속 애원하고 사정하자 한 손으로 두 눈을 가린 채 그는 비로소 고백하듯 실토한다.

"왜 우리가 몇 일전 사랑과 모성과 죽음의 여신 데이비 칼리 샘터에서 본 소녀 있지 않아. 네가 그네까지 태워줬다는 수만트라의 딸 시타 말이야. 그 여자의 모습이 내 머리, 가슴, 팔과 다리, 손과 발끝까지 스며들어 난 아무 생각도 할 수 없고 먹지도 자지도 못하겠어. 이러다가 난 죽을 수밖에 없지."

그러면서 그가 계속 하는 말이 이 병을 낫게 해 줄 수 있는 사람은 더할 수 없이 아름답고 착한 그 처녀뿐인데 만일 그 어떤 남자가 신만이 꿈 꿀 수 있는 그런 신적인 행복을 원한다면 그는 죽는 수밖에 없다는 것이다. 그리고 그는 결론짓듯 말한다.

"그토록 매혹적인 눈과 피부와 엉덩이를 가진 여자 시타를 내가 차지할 수 없다면 차라리 나라는 존재가 아주 없어져버려야겠어. 그러니 날 화장할 장작더미를 쌓아줘. 어쩔 수 없는 이 신과 인간사이의 갈등으로부터 내가 벗어나는 길은 불에 타 없어지는 거야. 다만 네가 나를 따라 같이 죽겠다니 그게 안됐어. 그렇지만 또 한 편으로는 너도 나랑 함께 죽어야 해. 그 여자를 하늘 높이 네가 그네까지 태워줬다는 생각이 내 가슴 속에 질투의 불을 지른단 말이야. 그런 행운아를 멀쩡하게 이 세상에 남겨 논 채 나 혼자만 없어지긴 싫으니까."

이 말을 듣는 순간 난다는 웃음을 터뜨리고 껑충껑충 뛰면서 슈리다만을 끌어안고 소리 지른다.

"상사병이야, 상사병! 이제 알았어. 바로 그거야. 죽을병이지. 아휴 재미있어. 이 얼마나 웃기는 일이야."

그러면서 난다는 노래를 부른다.

똑똑한 친구 똑똑한 친구
그렇게 똑똑하던 사람인데
이 웬 일일까 큰 일 났네.
그 꾀와 지혜 다 어떻게 하고
그만 멍텅구리 바보 되었네.

어쩌다 처녀 한 번 보고
저렇게 머리가 돌아버렸네.
나무에서 떨어진 원숭이네
아니 그보다도 더 우스워

나 참말 우스워서 죽겠네.

그러면서 그는 무릎을 치며 왁자그르르 크게 웃고 말한다.

"슈리다만, 형을 위해 이 얼마나 다행이야. 더 심각한 사태가 아니라서. 다름 아니고 형 가슴이 사랑에 불붙은 거야. 사랑의 신 카마가 그의 꽃화살로 형의 심장을 꿰뚫었어. 벌이 윙윙거리는 소린 줄 알았더니 번개가 치는 천둥소리였어. 봄과 춘정의 여신 라티가 형에게 발동을 건 짓이야. 이건 매일같이 날마다 일어나는 아주 정상적이고 즐거운 일이야. 인간 특유의.

형은 오직 신만이 이런 행복을 누릴 수 있다고 생각하지만 이것은 그만큼 형이 열망하고 있다는 말이지. 내 말 좀 잘 들어봐. 오로지 신들만 그럴 수 있다는 것은 과장이고 잘못된 생각이야. 형이 형의 밭고랑에 형의 씨를 뿌리고 싶은 것은 자연스러운 거야. (난다는 일부러 이렇게 표현했다. 슈리다만이 짝사랑하고 있는 시타란 이름이 밭고랑을 뜻하기 때문에.) 저 옛날 속담이 있지 않아. 올빼미는 낮 눈이 어둡고 까마귀는 밤눈이 어둡지만 사랑에 눈이 멀면 낮과 밤을 모른다고. 내가 왜 이 교훈적인 말을 형에게 상기시키는가 하면 형이 어서 정신 좀 차리고 저 들소마을의 시타가 여신이 아니고 평범한 여자란 생각이 들도록 하기 위해서야.

그 샘터에서 벌거벗고 멱감는 그 아가씨가 형 눈엔 여신처럼 보였겠지만 다른 사람들과 매한가지로 옥수수도 갈고 죽도 쑤며 물레질하는 여자일 뿐이야. 부모도 있고 비록 그 아버지가 수만트라로 무사

계급의 혈통이라고 좀 뽐낼는지 몰라도 그것도 별 거 아니라고. 슈리다만, 형에게 난다란 친구가 왜 있게. 이럴 때 어서 나서서 일을 꾸며 형을 기쁘고 행복하게 해주라고 내가 있는 게 아니겠어. 이것 보라고. 나부터 정신 차려야겠네. 미쳤어 내가? 바보같이 왜 내가 형과 날 화장할 장작더미를 준비하게. 그럴 게 아니라 어서 형의 신방을 꾸며야겠어. 특히 엉덩이가 기막히게 아름다운 형의 신부와 극낙같은 삶을 누릴."

한참 잠자코 있던 슈리다만이 말한다.

"난다, 네 말이 좀 모욕적이긴 해도 네가 날 위로하려는 마음에서 한 선의의 충고이고 네 우정의 발로인 줄 내가 알기 때문에 난 너를 용서할 수 있어. 있고말고. 그뿐더러 네 말 가운데는 내게 희망적인 새로운 가능성을 시사하는 바가 있는 까닭에 네게 고맙기도 해. 이미 그 누구와 혼약을 해 논 사이라면 어떡하나 하는 생각이 들면 난 정말 못 견디겠어. 차라리 죽어버리고 싶을 뿐이야. 화장불에 타 없어지는 수밖에 없겠어."

그러자 난다가 우정을 걸어 맹세코 그건 괜한 걱정이며 시타는 결코 그 아무한테도 약정되어있지 않다고 슈리다만을 안심시킨다. 그녀의 아버지 수만트라가 그렇게 미리 정혼해 놓는데 반대했기 때문이라면서. 그 이유는 신랑이 되기로 한 어린 남자 아이가 뜻밖에 일찍 죽기라도 하면 딸이 어린 과부가 될까봐서. 또 실제로도 그녀가 아무하고도 약혼한 사이가 아니므로 태양신 축제에 그네 탈 처녀로 뽑힐 수 있었다고. 그러니 시타는 아무한테도 매이지 않은 자유의 몸이고 슈리다만은 높은 계급출신의 집안도 좋고 옛 인도의 성전 베다에도 정통해 있으니까 친구로서 자기가 나서서 두 사람의 결혼을 성사시키기만 하면 된다고.

그러자 슈리다만의 뺨이 잠시 경련을 일으키고 나서 그의 얼굴에 희망의 미소가 떠올랐다. 꿈속에서조차 제대로 바라볼 수 없는 여신 같은 존재가 아니고 시타는 그의 신부로 품에 안을 수 있는 여자란 생각에 갑자기 얼굴이 상기되고 가슴이 설레기 시작했다. 그렇지만 일이 뜻대로 안되면 먼저 결심했던 대로 화장불에 타죽겠다고 하자 난다가 걱정하지 말라고 다시 그를 안심시킨다. 그러면서 구체적으로 상세히 어떻게 두 사람의 결혼을 성사시킬 것인가를 말해준다. 슈리다만은 잠자코 뒤로 물러나서 기다리라고. 그러면 난다 자기가 나서서 제일 먼저 슈리다만의 부친 바바부티를 찾아뵙고 말씀드려 그로 하여금 시타의 부모님께 혼담을 건네도록 하고 그런 연후에 슈리다만을 대신해서 그의 친구로서 시타에게 접근해 정식으로 구애 청혼하겠노라고. 말이 끝나기 무섭게 난다는 행동에 들어갔다. 그야말로 일사천리로.

이야기를 듣고 난 슈리다만의 아버지 바바부티는 기뻐했고 시타의 아버지 수만트라도 바바부티집안의 혼담이 싫지 않았다. 더군다나 값비싼 많은 선물을 받게 될 테니까. 난다는 난다대로 제 친구 슈리다만을 높이 칭찬하는 말을 아낌없이 시타와 시타의 부모님께 전했다. 그리고 나서 이번엔 시타의 부모님이 구혼하는 슈리다만의 신분을 확인할 겸 답례로 우공복지 마을로 찾아왔다. 따라서 아무 탈 없이 두 사람의 약혼이 이루어지고 두 집안이 약혼선물을 교환했다. 결혼 날짜가 다가오자 난다는 눈코 뜰 새 없이 바빴다. 인편으로 직접 친척, 친구, 친지 손님들 초대하랴 짐져 나르랴 신부 집 안마당에 혼인 축하하는 모닥불 지피랴.

마침내 결혼식을 올리는 날이 왔다. 몸에다 백단향과 장뇌유 그리고 코코야자기름을 바르고 갖은 보석으로 꾸민 신부가 신부복차림으로 얼굴에는 베일을 드리우고 나타났다. 이때 시타는 처음으로 그녀의 신랑 되는 슈리다만을 보게 되었지만 슈리다만은 시타가 구면이라면 구면이었다. 멱감는 샘터에서 보았으니까.

이렇게 해서 꿈도 꾸지 못하던 처녀를 슈리다만은 그의 아내로 맞게 되었다. 꿈인지 생시인지 분간 못할 지경임에 틀림없었다.

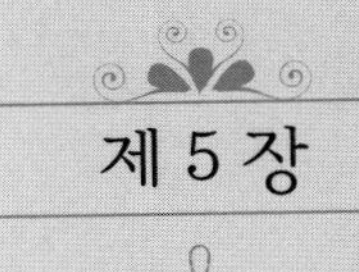

제 5 장

Transposed Heads

자, 이쯤해서 이 이야기 듣는 사람들에게 착각하지 말라고 주의를 환기시켜 경고해 둘 일이다.

잠시 동안 침묵이 흐르고
그 침묵이 고개를 돌려
되돌아보는 그 순간에는
그 얼굴이 무섭게 변해
그리스 신화에 나오는
괴물 메두사가 되어있어
이를 바라보는 사람들을
돌이 되게 하지 않으면
아주 완전히 미쳐버리게
모든 일을 차례로 꾸며
슈리다만과 난다와 시타

이 세 사람을 하나같이

그 제물로 희생시킨다고.

시타가 시집 와서 남편 슈리다만과 신혼생활을 한 지 6개월이 지났다. 무더운 한여름이 지나고 장마철이 되었다. 하늘은 구름장으로 땅은 꽃으로 뒤덮이고. 그러나 이 장마철도 곧 지나면 하늘엔 구름 한 점 없이 가을 연꽃이 피어난다. 시부모님의 허락을 받아 시타는 여행하기 시원한 계절을 맞아 친정나들이를 하게 된다.

단봉낙타와 봉우 등뿔소가 끄는 덮개차를 타고 세 사람은 길을 떠났다. 난다는 마부석에 앉아 신혼부부를 양쪽으로 커튼이 쳐진 뒷좌석에 태우고 차를 몰았다. 소와 낙타보고 소리 지르기도 하고 노래를 부르다가 흥얼거리기도 하면서.

뒷좌석에 앉은 신혼부부 슈리다만과 시타는 아무 말 없이 앞에 앉아 부지런히 차를 모는 난다의 뒤통수와 목 그리고 어깨와 등골을 바라볼 뿐이었다. 건장한 남성의 육체미 넘치는 난다의 뒷모습을 그의 아내가 계속 바라보지 않도록 슈리다만이 난다와 자리를 바꿔볼까도 생각해보았으나 그래도 소용없겠다는 판단에서 그대로 계속 뒷좌석에 시타와 나란히 앉아 눈앞에 앉은 난다만 바라보노라니 결국 세 사람이 다 진땀을 뺄 일이었다. 세 사람 다 눈알은 충혈 된 채. 이것은 분명코 좋지 않은 조짐이었다. 그 어느 누가 투시력이 있다면 검은 날개처럼 이들을 덮고 있는 불길한 그림자를 볼 수 있었으리라.

이들은 일부러 어두운 밤을 이용해 차를 몰았다. 날이 새기 전에 그래서 한낮의 더운 햇빛을 피해가며. 그럴싸하다면 그렇겠지만 여기에는 또 다른 속뜻이 있었으니 그들의 혼란스러운 마음이 무의식적으로 어둠을 통해 길을 잃고 싶었으리라.

난다는 낙타와 소를 시타의 친정으로 가는 큰 길로 몰지 않고 달도 없는 밤에 별빛만을 따라 길을 잘못 들고 말았다. 그러다 보니 길을 아주 잃게 되었다. 깊은 숲속으로 오도 가도 못하게 된 것이다. 슈리다만과 시타는 난다 뒤에 앉아 뜬 눈으로 난다가 길 잘못 들도록 방관만 하고 있었다. 아니 그런 셈이 되었다. 하는 수 없어 이들은 맹수들을 쫓기 위해 불을 지피고 날이 새기를 기다렸다.

날이 밝자 이들은 이리 저리 길을 찾아 헤매다 정글을 벗어나 물이 마른 돌 골짜기로 덜컹거리며 차를 몰았다. 그러다 바위를 깎아 만든 한 사원에 다다랐다. 그것은 만물의 어머니 모성의 신 데이비의 신전이었다.

"여기들 잠간만 있어. 내가 얼른 가서 기도하고 올께."

이렇게 말하고 슈리다만이 신전으로 돌계단을 밟고 올라갔다. 신전의 입구는 가파른 산 밑에 나 있는데 으르렁거리는 표범형상의 돌기둥으로 받쳐져 있고 그 속 입구 양면에 갖가지 그림이 그려져 있었다. 육체에 담긴 생명의 여러 모습과 상징들이었다. 살가죽과 뼈, 골수와 근육, 정액, 정충, 땀과 눈물과 기타 끈끈한 분비물, 똥과 오줌, 쓸개 즙, 정열과 분노, 욕정과 시기, 질투와 절망, 연인들의 이별과 무정한 인연, 굶주림과 갈증, 사람이 늙고 병들어 죽는 슬픔 등 영원토록 반복되는 삶의 달콤하고도 따뜻한 피의 흐름이 천만 가지 다른 형태로 모습을 바꿔가며 즐기고 괴로워하는 그런 그림들이었다.

이렇게 짐승과 사람과 신이 온통 한데 어우러진 미궁 속에서 코끼리의 코가 남자의 손발이 되기도 하고 돼지 대가리가 여자의 머리가 되기도 하는 그림들을 슈리다만은 눈여겨보지 않고 그냥 스쳐 지나치는데도 이들이 그에게 어떤 현기증과 연민의 정을 불러일으키고 있었다. 만물의 여신상을 알현하기 위한 하나의 준비작업 예행연습이었는지 모를 일이다. 산꼭대기로부터 떨어져 내려오는 빛으로 황혼 빛이 깃든 동굴 속을 지나 신전 그러니까 만물의 어머니 자궁이라 할 수 있는 한가운데 이르러 슈리다만은 몸을 떨며 뒤로 비틀거렸다. 양쪽으로 두 팔을 뻗어 돌을 깎아 만들어 논 남근男根을 더듬으며.

칼리 여신상은 무서웠다. 충혈된 그의 눈에 그렇게 보였을까 아니면 그가 다른 데선 이와 같은 형상의 칼리상을 본 적이 없기 때문이었을까. 해골들과 잘린 손과 발의 뼈들로 골격을 갖춘 여신상이 여러 가지 빛깔의 바위를 배경으로 있는 빛을 모두 받아 반사하고 있었다. 찬란하게 눈부신 보석의 관을 쓰고. 열여덟 개의 팔들은 돌아가는 바퀴형상이고 칼과 횃불을 휘두르고 있었다.

한 손으로 받쳐 입에 대고 있는 해골바가지에선 뜨거운 피가 김이 무럭무럭 나고 있는 듯 했고 발밑으로도 피가 흥건히 고여 피바다를 이루고 있는 것같이 보였다. 홍수가 난 삶의 바다 망망대해의 일엽편주 같은 배를 탄 듯 아니면 피바다에 빠져 허우적거리는 듯 슈리다만은 짙은 피비린 냄새를 맡고 있었다. 눈앞의 제단에는 너더댓 개의 짐

승 들소, 돼지, 염소 대가리가 피라미드처럼 쌓여있는데 이 짐승들의 목을 벤 칼이 피가 말라붙은 그대로 한 쪽에 세워진 깃발들과 함께 놓여있었다. 슈리다만은 이 여신상의 얼굴을 보면서 온 몸이 얼어붙도록 공포감에 떨다 못해 열병이 나는 것 같았다.

바로 이것이었구나.

죽음과 함께 삶이란 것이.

모든 생물은 제물일 뿐이야.

그는 무섭게 뛰는 그의 가슴에 꼭 쥔 두 주먹을 갖다 대고 누른다. 그러자 엄청나게 이상야릇하고 괴기한 진동으로 차고 뜨거운 느낌이 온 몸으로 파도처럼 계속 밀려온다. 그의 머리 뒤통수로, 그의 뱃속으로, 그의 극도로 자극된 성기(자지)끝으로 단 하나의 강한 충동을 느낀다. 피가 다 마른 창백한 입술로 그는 기도한다.

만물이 창조되기 이전부터

시작이란 것도 끝도 없이

아무도 들추어볼 수 없는

신비로운 옷을 걸친 그대

공포-욕망 다 받아들이는

세상 만물의 영원한 자궁

그대가 낳는 세상이미지들

그대 자궁 속으로 돌아가리.

살아있는 산목숨 제물로

그대에게 바침이 당연하리.

나 자신을 그대에게 바치니
그대가 기쁘게 받아주시리.
그대 속으로 다시 들어가
나 자신으로부터 벗어나리.
그래서 모든 욕망이란 것
당황스러울 뿐인 슈리다만
더 이상 존재하지 않으리.
돌이켜 보건대 욕망이란
결코 슈리다만 그 자신이
만들어 가진 것 아니니까.

이렇게 기도한 후 그는 바닥에 놓여있던 칼을 집어 들어 스스로의 목을 잘라버린다.

이 얘기를 옮기는 사람의 입장에서 서둘러 급히 한마디 부언하건대 그리고 간절히 바라건대 사람들이 스스로의 목을 자르는 일이 있어 왔고, 또 기록에도 남아있다고 해서 이 사건을 무관심하게 아무 생각 없이 듣고 보아 넘길 일이 아니란 것이다. 마치 옛날 옛적부터 수많은 사람이 세상에 태어났다 죽었다고 해산의 진통을 겪는 어느 한 산모 앞에서 또는 그 어느 누구의 임종을 지켜보는 자리에서 이것이 대수롭지 않은 흔해빠진, 아주 예사로운 일이라고 가볍게 여길 수 없듯이 말이다.

사람이 제 목을 스스로 자른다는 일을 실제로 실행에 옮기려면 굉장한 결의와 목적과 에너지가 있어야 한다. 브라만계급의 젊은이 슈리다만이 그처럼 착하고 사색적인 눈과 가냘픈 팔로 그런 일을 감행한다는 것은 결코 보통 일이 아니다. 정말로 그는 눈 깜짝할 사이에 이렇게 스스로의 목숨을 제물로 바친 것이다.

제 6 장

Transposed Heads

자, 이제 신전 동굴 밖에서 기다리고 있는 두 사람에게로 돌아가 보자. 처음에는 아무 말 없이 잠자코 기다리다가 시간이 감에 따라 웬일일까 하고 의아해하기 시작한다. 잠깐 신전에 들어가 기도하고 나오겠다는 슈리다만이 무슨 일로 이렇게 오래 지체하는 것일까? 시타는 난다 뒷좌석에 앉아 난다의 뒤와 제 무릎을 번갈아 보는가 하면 난다는 난다대로 거북스럽게 앞만 쳐다보고 있었다. 그러다 못해 난다가 뒤를 돌아보며 시타보고 묻는다.

"시타 형수님, 슈리다만 형이 왜 이리 늦도록 돌아오지 않는지 짐작이 가는데라도 있나요?"

"전혀 없네요. 난다."

너무도 달콤하게 떨리는 목소리로 시타가 대답한다. 이 사랑스런 목소리를 듣게 될까봐 난다는 늘 두려워해오지 않았던가! 어디 그뿐인가? 그녀는 말끝에 다정하게 그리고 불필요하게도 그의 이름까지 부르지 않는가!

"저도 오랫동안 궁금해 하고 있었어요. 당신이 몸을 돌려 절 보고 물어주시지 않았었더라면 제가 참다못해 물어보았을 걸요. 하도 답답해서……."

그녀가 말을 계속한다. 그는 머리를 젓는다. 일단은 친구의 오랜 지체 때문이나 그보다는 그녀가 쓴 불필요한 말을 떨쳐버리기 위해서다. 그냥 '물어주시지 않았더라면' 해도 될 것을 굳이 몸을 돌려 저를 보고 라고 한 것은 필요 이상이고 심지어 위험천만하기까지 하지 않은가? 남편이 없는 자리에서 그토록 달콤하게 떨리는 음성으로 약간 사랑스런 교태까지 부린다는 것이. 그는 아무 말도 않고 잠자코 있었다. 그 자신도 또한 부자연스런 목소리로 그녀의 이름을 부르게 될까봐서. 한편으로 그녀가 한대로 자기도 하고 싶은 강한 충동을 느끼면서. 좀 더 있다가 그녀가 다시 말을 한다.

"난다, 제 말 좀 들어줘요. 어서 가서 그를 찾아봐요. 어디 있는지. 기도하느라 정신을 잃고 있거든 당신의 힘센 팔로 그를 흔들어 정신차리도록 해주셔요. 우린 더 이상 기다릴 수 없다고. 그는 참 이상하네요. 우리 이렇게 여기서 무작정 기다리게 해놓고. 시간만 낭비하고 해는 점점 중천에 떠올라 더워지는데 말이에요. 길을 잃는 바람에 그러지 않아도 많이 늦어져 저의 부모님께서 걱정이 크실 텐데. 그러니 난다, 어서 가서 그를 좀 데려와요. 그가 오지 않겠다고 하더라도 그를 억지로라도 데리고 와줘요. 당신은 그보다 힘도 세지 않아요."

"좋아요. 그러지요. 길 잃은 것은 내 잘못이었어요. 아까부터 그를 찾아 나설 생각은 했지만 아가씨가 혼자 남아있는 걸 무서워할까봐 그대로 있었지요. 잠시면 될 테니까 기다리고 있어요."

그는 마부석에서 내려와 신전 동굴 속으로 들어갔다. 어떤 끔찍한 장면이 그를 기다리고 있는지 우린 알고 있다. 사시나무 떨듯 하는 난다가 두 손으로 양 볼을 잡고서 목이 메게 통곡하며 친구의 이름만 부른다. 몸으로부터 잘려나간 머리와 머리 없는 몸을 번갈아 보면서 그는 울부짖는다.

"슈리다만, 내 다정한 친구야, 이 무슨 짓을 저지른 거야. 형의 그 여린 손과 팔로 어찌 이런 엄청난 일을 할 수 있더란 말이야! 이건 결단코 형이 할 짓이 아닌데! 아무도 형보고 이런 일 하라고 하지 않았는데 형이 하고야 말았구나. 언제나 난 늘 형의 높은 정신을 우러러 봤었는데 이제는 눈물에 젖어 형의 몸까지 존경해야 되겠네. 이 세상에서 제일로 하기 힘든 일을 형이 해냈으니까! 형 머릿속에 어떤 생각이 들어갔기에 이 지경이 되었단 말이야!

형 가슴속에 그 어떤 허망과 절망이 아니 그 어떤 아량과 헙헙함이 들어찼었기에 이 같은 희생의 칼춤을 추며 형의 목숨을 스스로 끊을 수 있었단 말이야! 오, 슬프도다 오, 슬프도다. 이것이 다 내 탓 아니랴. 내 행동 때문이 아니라면 내 존재 때문 아니랴. 친구여, 좀 보거라. 내 머리는 아직 생각할 수 있으니 형이 생각하듯 해보리라. 형의 지혜로운 판단으로는 행위보다 존재의 잘못이라 할런지 모르지. 그렇지만 행동하지 않는 기피행위 외에 더 이상 뭣을 할 수 있으랴.

나는 형의 젊고 아름다운 아내, 내 형수님께 정다운 목소리로 말하지 않기 위해 짐짓 입 다물고 있었고 불필요한 말 한마디도 하지 않았으며 그녀에게 말할 때도 그녀의 이름을 부르지 않았어. 내가 나 자신의 증인이야. 나 말고 다른 증인 없고말고. 형수님이 형 잘못을 들어 불평할 때에도 그 기회를 이용해 그녀를 유혹하지 않았어. 그러나 이제 내가 이 세상에 존재한다는 사실만으로도 죄를 지은 셈인데. 내가 진작 사막 황무지로 가서 은둔생활을 했었어야 하는데. 형이 내게 아무 말 하지 않았어도 그랬어야 하는데.

만일 형이 그러라고 했다면 난 서슴지 않고 그렇게 했을 거야. 그 뛰어나게 명석한 머리로 그 머리가 형의 몸에서 떨어지기 전에 왜 내게 말해주지 않았는가 말이야. 우린 언제나 우리 머리를 맞대고 이야기 나누지 않았어. 형의 현명한 머리와 내 단순한 머리로 말이야. 그런데 어떻게 가장 심각하고 중차대한 일처리에서 형이 침묵을 지키고 말았으니……. 이를 어쩌면 좋단 말이야! 자, 이제는 다 틀렸어. 형은 말하는 대신 행동으로 위대하고도 잔인하게 보여준 거야. 이제 나도 어떻게 행동해야 할 것인가를. 내가 형을 저버리라고는 생각하지도 믿지도 않았겠지. 형의 약한 팔로도 해낸 일을 내 튼튼한 팔로 못하리라고는. 기회 있을 때마다 내가 말했었지. 난 형과 헤어져 살 수 없다고.

형이 상사병을 앓느라고 화장불 장작더미를 날더러 쌓아 달라 했을 때 내가 형에게 분명히 말했었지. 꼭 그래야만 한다면 나도 형과 같이 타죽을 수 있도록 장작더미를 두 사람용으로 크게 쌓겠노라고. 이제 일어나야 할 일을 난 오래 전부터 알고 있었어. 다만 이 신전 동굴 안에 들어와서 형 몸 따로, 형 머리 따로, 놓여있는 이 처참한 광경을 보면서, 내가 해야 할 그 일이 분명해졌을 뿐이야. 이 비참한 형의 모습을 보는 순간 형의 가장 친한 벗 난다의 결심이 섰어.

형과 더불어 같이 불에 타죽으려 했듯이 난 형과 함께 피를 흘리겠어. 다른 아무 일도 남지 않았어. 그 외에 무슨 일이 있겠어? 내가 이 동굴 밖으로 나가 그녀에게 형이 저지른 일을 알려주고 그녀가 지르는 공포의 비명 속에서 그녀의 숨은 기쁨의 환성이라도 들으랴? 더럽혀진 이름을 갖고 세상 사람들의 지탄을 받아가며 살라고? 저 나쁜 놈 난다는 친구를 배신해 친구의 아내를 탐내다가 그 친구를 죽인 살인범이라 라고 말할까. 그건 안 돼. 절대로 안 되지! 난 형을 따를 거야. 그러면 우리의 영원한 어머니 모성의 여신 자궁이 형의 피와 함께 내 피도 받아 마시리…….”

이렇게 말하면서 이미 굳어져가는 슈리다만의 손에서 칼을 뽑아 난다 자신이 내린 사형을 스스로 집행한다. 그러자 그의 몸은 슈리다만 몸 위로 쓰러지고 그의 머리는 슈리다만 머리 옆에 떨어진다. 그의 피가 솟구쳐 여신상 밑으로 흥건히 고이면서.

제 7 장

Transposed Heads

한편 밭고랑이란 뜻의 이름을 가진 시타는 혼자 남아 덮개 있는 마차 뒷좌석에 앉아있다. 기다리는 시간이 점점 더 길게만 느껴진다. 안절부절 못하는 그녀의 가슴 속 깊이 터무니없이 불길한 예감이 떠오른다. 그러나 그녀는 이런 괴이한 느낌을 애써 모른 체 해보려고 속으로 생각한다.

"이건 정말 말도 안 돼. 더 이상 참을 수 없어. 남자들이란 다 같은가 봐. 누굴 누구보다 낫다고 할 수 없으니까. 아무도 믿지 못하겠으니. 한 남자는 또 한 남자와 나만 두고 떠나 어찌된 영문인지 모르게 하지. 그래 또 한 남자를 보내봤으나 해는 점점 하늘에 높이 떠서 뜨거운 햇볕을 내리쬐는데 아무런 소식 없으니 시간만 더욱 가고 갈 길이 멀어 나 정말 미치겠네. 두 남자 다 그 어떤 단 한 가지의 변명도 내게 할 수 없을 거야. 내가 생각해볼 수 있는 사태라면 다른 게 아니지.

슈리다만은 기도를 더 오래 하겠다고 고집부리고 난다는 그만하고 돌아가자고 사정하고. 말 안 듣는 슈리다만을 난다가 강제로라도 끌고 왔으면 좋을 텐데. 슈리다만의 의사를 늘 존중하는 난다가 그러지는 못하겠지. 그러려고 난다가 마음만 먹으면 그 힘센 팔로 슈리다만을 어린애 안듯 번쩍 들고 올 수 있을 텐데. 나 혼자서라도 길을 찾아 부모님께 갈 수만 있다면 그렇게 하고 싶지만 남편도 없이 혼자 친정을 찾아간다는 것도 못할 일이고 정말 속 답답해 죽겠네. 이렇게 무작정 기다리고만 있을 수도 없고 그렇다고 나 혼자서 길 떠나갈 수도 없으니 다른 도리가 없지. 내가 두 남자를 찾아나서는 수밖에. 도대체 뭣들 하고 있는지 내 눈으로 똑똑히 알아봐야겠어. 아마도 두 남자가 다투고 있을 거야. 더 있겠다니 어서 가자니 말다툼하느라고 이렇게 늦어지고 있는 모양이야. 내가 어서 나서서 두 남자 다 데리고 와야지."

이렇게 속으로 중얼거리고 나서 시타는 마차에서 내려와 두 남자가 차례로 들어가 나오지 않는 굴속으로 들어간다. 그러자 곧바로 그녀는 참혹한 장면에 부닥친다. 그녀는 기절하듯 두 팔을 허공에 내던지며 눈앞이 아찔해 바닥에 쓰러진다. 그녀가 정신을 잃고 있다 해서 상황이 바뀌지는 않는다. 얼마 후 정신을 차린 그녀는 다시 기절하려다가 정신을 가다듬고 돌바닥에 곱송그리어 몸을 움츠린 채 열 손가락을 머리에 찔러 넣고 선혈이 낭자한 바닥에 피투성이로 서로 엉켜있는 두 남자의 시체를 바라본다. 두 남자 다 목이 잘려 몸과 머리가 따로 따로 떨어져 있는 시체를 말이다. 입술이 새파래진 그녀가 정신나간 여자처럼 속삭이듯 혼자 중얼거린다.

"오, 신들이여 성인들이여 거룩한 은둔자 도사님들이여, 저는 어찌 해야 합니까? 두 남자가 동시에 다 이 지경이 되었으니 모든 게 끝나버렸어요. 내게 남자를 알게 해주고 내 몸속에 어린애를 갖게 해준 내 남편이자 주인인 슈리다만이 이렇게 몸과 머리가 두 동강 나버렸고 내가 처녀 때 하늘 높이 날 그네 태워주고 슈리다만을 위해 그를 대신해서 내게 구애하고 청혼했던 난다 또한 이렇게 되어 버렸으니 어찌하면 좋겠어요? 특히 그렇게 탐스럽고 남성미 넘치는 난다의 팔과 다리를 한 번이라도 만져보고 그 힘과 아름다움을 느껴보고 싶었었는데 이제는 피와 죽음이 그와 내 부정한 욕망 사이에 장벽이 되고 말았어요. 그가 살아 움직일 때는 명예와 우정이란 것이 우리 서로 끌리는 두 사람 사이를 가로막아왔듯이…….

그런데 이제 다시 잘 보니 두 남자가 결투라도 한 것같이 서로의 목을 쳐 죽인 거야! 두 남자의 화가 불처럼 타올라 이 지경에 이른 것이 분명해. 그런데 칼은 한 자루밖에 안 보이고 그 칼이 난다의 손에 쥐어져 있지? 그렇다면 어떻게 둘이서 칼 한 자루 갖고 싸울 수 있었을까? 슈리다만이 그의 이성과 침착성을 잃고 먼저 칼을 집어 들어 난다의 목을 쳐버리자(아니야, 그게 아니야! 그 어떤 이유로 내가 상상만 해도 가슴 설레고 내 몸 속이 짜릿해지는 그렇지만 그렇게 상상하기조차 두렵고 죄스러운 이유 때문에 난다가 슈리다만의 목을 잘라버리자) 오, 아니야, 그것도 아니야. 그럴 수 없지. 더 이상 생각할 것도 없어. 생각해봐도 아무 소용없는데. 있는 것이라곤 이 신전 동굴 속 한 가운데 가득 찬 피비린내와 어둠뿐이야. 분명한 건 하나밖에 없어.

두 남자가 야만인처럼 행동했다는 것, 그리고 단 한 순간도 내 생각을 안 했다는 거야. 아니 내 생각을 안 했다기보다 나를 두고 나 때문에 두 남자가 목숨을 걸고 싸운 거야. 생각하기조차 무서워. 가엾은 남자들이지. 내 생각 했다 하더라도 자기들 자신의 입장에서 한 것이지. 나에 대해 내가 어찌 될 것인지는 전혀 고려하지 않은 거야. 미쳐 날뛰면서 내가 어떻게 해야 할 것인지 전혀 생각하지 않은 거야. 저렇게 머리가 떨어져나간 몸으로 돌바닥에 누워 내 생각 안하고 있는 지금처럼. 내가 뭘 어떻게 한다고? 내가 할 수 있는 일이 아무 것도 없지. 난 이제 다 틀렸고 망했어. 제 남편을 잘 보살피지 않아 이렇게 비참하게 죽게 한 몹쓸 년 과부라고 사람들로부터 욕을 먹고 손가락질 받아가며 평생을 살아가야 할 운명인데.

어디 그뿐일까? 그보다 엄청나게 더 심한 사태가 벌어지겠지. 나 혼자서 친정이고 시집이고 간에 돌아가면. 칼은 하나뿐이고 그러니 두 남자가 서러 차례로 죽일 수 없는 일이야. 그렇다면 두 남자를 죽인 범인은 제3자일 수밖에 없고 그게 바로 나지. 사람들은 말할 거야. 내가 남편한테서 버림받아 앙심을 품고 분풀이로 남편뿐만 아니라 남편의 절친한 친구이자 의제義弟까지 죽였다고. 일련의 증거가 완전무결하지. 그게 사실이 아니지만 확증이 있는 이상 내게 아무리 죄가 없다 해도 난 살인범으로 벌 받을 수밖에 없어. 하긴 내게 죄가 없진 않지. 모든 것이 끝장난 게 아니라면 나 스스로를 속일 필요가 있을는지도 몰라.

하지만 모든 게 끝나버린 마당에 나 자신을 속여본들 무슨 소용 있겠어. 난 순결하지도 결백하지도 않아. 그렇지 않은 지 오래 되었어.

남편에게서 버림받은 여자라는 얘기도 근거가 있다면 있겠지. 아주 터무니없는 소리가 아니니까. 설혹 보통 사람들이 생각하는 그런 뜻에서는 아니라고 해도. 세상에 잘못된 정의나 응보란 것이 있을까? 그런 잘못됨이 일어나지 않도록 난 나 자신을 정당하게 다뤄야 해. 내 양심의 소리를 따를 뿐이야. 그밖엔 이 세상에 내가 할 일이 남아 있지 않아. 내 작은 손으로 저 큰 칼을 휘두를 순 없어. 그러기에는 내 손이 너무 작고 겁에 떨고 있어.

그리고 내 부드럽고 매혹적인 몸매도 내 약점일 뿐이야. 그 사랑스럽다면 사랑스런 자태가 안됐지만 여기 목숨이 이미 끊어져 생명 없이 쓰러져 있는 시체들처럼 어서 내 몸도 굳어버려야 돼. 그리하여 다시는 더 이상 그 어느 누구의 어떤 욕정도 불러일으키지 못하도록, 또는 스스로의 타오르는 욕망의 불길 때문에 괴로워 고통 받는 일이 없어지도록. 그렇게 꼭 해야 돼. 그러자면 부득이 희생되는 제물이 늘어나겠지만. 그렇지 않으면 부모 없는 고아가 어찌 살라고?

참혹한 불행으로 일찌감치 끝나버리는 에미의 삶인데 그렇지 않아도 너를 임신할 때 괴롭고 고통스러워 내 얼굴이 창백했었고 널 잉태시키는 네 애비를 안 보려고 눈을 감았었으니 네가 태어난다 해도 얼굴이 창백한 장님 일테니 내가 이제 할 일은 너랑 같이 내가 죽어야 해. 이것이 이 두 남자가 내게 남겨놓고 간 일이야. 어떻게 하는지 잘들 보시라지."

그러고는 그녀는 몸을 일으켜 비틀거리며 신전 동굴을 미친 듯 빠져 달려 나간다. 산발을 한 채 밖에 나오자 신전 앞에 서있는 무화과

나무에 자라는 덩굴줄기를 잡아 댕겨 올가미를 만들어 목에 씌우고 스스로의 목을 막 졸라맨다.

제 8 장

Transposed Heads

바로 그 순간 한 목소리가 공중으로부터 들려왔다. 다름 아닌 만물의 어머니 모성의 여신 데이비의 음성이었다. 낮으면서도 엄한 목소리였다.

“너 잠깐만 그대로 있거라. 어리석은 것 같으니라고. 내 아들 녀석 둘이 흘린 피로 족하지 않더냐. 그런데 내 나무를 절단해서 내 형상을 닮은 네 몸을 까마귀밥으로 만들려고 하다니. 더군다나 지금 네 몸속에 귀여운 옥동자가 자라고 있는데. 아마 바보 얼간이같이 네가 잘 모르고 있었겠지. 여자의 생리에 관해 뭐가 뭔지, 어찌 돌아가고 있는지, 네가 그래도 모르겠다면 좋다. 너 하고 싶은 대로 해보거라. 죽든 살든 말이다. 네가 스스로 목매달아 죽겠다면 말리지 않겠다.

그러나 내 신전 앞에서는 안 된다. 네가 어리석은 탓으로 귀한 생명이 당장 멸해 세상 밖으로 없어지는 것처럼 보이게 할 수는 없다.

세상의 수많은 돌팔이 철인과 도사들이 지껄이듯이 인간의 존재가 병이라서 욕정과 욕망을 통해 한 세대로부터 또 한 세대로 그 병이 전염된다는 엉터리 수작을 내 앞에서 부려서는 안 돼. 어서 당장 네 목에서 그 흉측한 올가미 썩 벗어버리지 못하겠니. 내가 네 귀빰을 때리기 전에"

그러자 시타가 황공무지하여 어쩔 줄 모르다가 간신히 기어들어가는 목소리로 대답한다.

"거룩하신 여신님께서 시키시는 대로 하겠어요. 그렇지만 한 가지만 말씀드릴게요. 제 몸속에서 옥동자가 탈 없이 잘 자라고 있는지 몰랐어요. 핏기 없는 장님 병신자식인 줄만 알고 있었어요."

"그건 걱정 마라. 첫째로 그건 바보 같은 여자의 미신이고 둘째로 정말 핏기 없는 눈먼 병신자식이래도 내가 성하게 해줄 수 있다. 그러나 그러기 전에 네 말 좀 들어봐야겠다. 아주 훌륭한 내 아들 녀석 둘이 왜 어째서 그토록 끔찍하게 피를 흘리게 되었는지 사실대로 고백 하거라. 내가 다 알고 있는지 네가 모르지 않겠지. 그러니 아무 것도 숨기지 말고 죄다 말해 보거라."

"거룩하신 여신님, 그들은 서로를 죽여 버리고 저를 이렇게 절망에 빠뜨렸어요. 저 때문에 둘이 다투다가 그만 같은 한 칼로 서로의 목을 쳐 잘라버렸어요."

"바보 같은 소리, 그만 둬. 너같이 단순한 여자나 그따위 허튼 소리 할 수 있지. 내가 말해 주지. 그들은 경건하게 그리고 남자답게 차례로 스스로의 목숨을 내게 제물로 바친 거야. 그들이 왜 그랬겠어, 누구를 위해?"

그러자 시타가 울기 시작한다. 흐느끼면서 그녀는 대답한다.

"아이고 맙소사, 거룩하신 여신님 알아요. 제 죄를 고백할게요. 그러나 어쩔 수 없었어요. 아무리 피할 수 없는 일이었어도 그건 불행임에 틀림없어요. 너무도 운명적인, 제가 이런 말을 써도 용서해주신다면."

이 말까지 하고 그녀는 몇 번 크게 흐느껴 운다. 그리고 나서 말을 잇는다.

"제가 시집을 가서 한 남자의 아내가 되었다는 것이 더할 수 없는 불행이고 비운이었어요. 말할 수 없이 무지한 소녀가 아무 것도 모르고 집안일이나 하다가 결혼해 남자를 알게 되자 즐거운 어린애가 독 있는 열매를 따먹은 것같이 딴 사람이 되었어요. 그 달콤새콤한 맛이 제 몸속에 깊이 잠들어있던 관능적 감각을 깨워주었어요. 그 다음부터 뿌리칠 수 없는 유혹을 계속 받게 되었고 더욱 더 불이 일듯 살아나는 간절한 욕구를 잠재울 수도, 채워지지 않는 그 욕구불만을 달리 풀길이 없었어요.

그렇다고 순진무구하던 그 옛날로 돌아가고 싶지도 않았고 그럴 수도 없었지요. 그 누구한테나 그럴 수 없는 불가능한 일인 줄 알고 있었으니까요. 다만 그 어린 시절에는 제가 남자를 몰랐었기 때문에 남자를 쳐다보지도 않았고 남자생각에 괴로워하지도 않았으며 남자에 대한 아니 남성의 신비로움에 대한 호기심도 열망도 없었지요. 아무 뜻 없이 남자에게 농도 걸고 멋 부리고 맵시내면서도 남자의 우람하고 건장한 팔 다리와 가슴통을 볼 때 얼굴을 붉히거나 가슴이 콩콩 뛰는 일이 없었고 온몸에 사무치는 아쉬움과 그리움을 느껴보지 못했었지요. 정말 아무 것도 몰랐어요. 남자의 신체 전부가 제게는 아무 것도 아닌 시절이었어요. 저는 말하자면 아직 개봉되지 않은 책과 같았으니까요. 그러던 제게 한 젊은이가 나타났어요. 납작코에다 까만 눈의 그림처럼 잘 생긴 남자였어요. 그의 이름은 난다라고 했어요. 우공복지 마을에 사는.

마침 태양신 축제가 열리고 있을 때였어요. 그때 태양신을 섬길 처녀 태양녀로 제가 뽑혔는데 그런 저를 이 낯선 젊은이가 해에 가 닿을 만큼 하늘 높이 그네 태워주었어요. 이때까지만 해도 저는 아무 느낌이 없었어요. 제 몸이 더워졌었다면 제 몸에 와 닿는 햇빛과 바람 때문이었을 거예요. 그 외엔 다른 아무 것도 아니었어요. 땀을 뻘뻘 흘리면서 힘껏 열심히 절 그네 태워준 데 대한 감사표시로 버릇없이 장난스럽게 그의 코를 한번 비틀어 꼬집어주었었지요. 그런 뒤 얼마나 지났을까 일 년 쯤 이었을 거예요. 뜻밖에 그가 저를 찾아오지 않았겠어요.

그의 친구 슈리다만을 대신해서. 부모님이 좋다고 청혼에 응하셨어요. 그때는 좀 느낌이 달랐었던 것 같아요. 아마 그때부터 제 불행이 싹트기 시작했나 봐요. 저를 아내로 안을 딴 남자를 위해 그가 제게 청혼할 때부터 말이지요. 제 눈엔 난다뿐이었어요. 결혼 전에도 그랬고 결혼잔치 중에도 그리고 결혼 후에도 그는 언제나 늘 제 앞에 있었어요. 물론 밤중에는 아니고요. 밤에는 남편인 그의 친구 슈리다만과 같이 잤으니까요. 결혼식을 올린 날 밤 꽃침대에서 신랑이 잠겨 있던 제 몸의 옥문을 열고 제 순결에 종지부를 찍어주었지요. 신랑으로서 당연한 권리행사를 한 것인데 제가 뭐라 하겠어요.

또 제가 제 남편이 된 사람을 사랑하고 받들어 공경하지 않을 아무 까닭도 이유도 없었지요. 제 주인이고 남편인 남자를 사랑하지 않을 만큼 제가 나쁜 여자는 아니에요. 사랑하는 것뿐 아니고 그를 높이 받들어 존경했어요. 그러면서도 저는 회의하고 의심하지 않을 수가 없었어요. 그가 정말 저한테 맞는 남자인가? 저를 아내로 맞아 아무 것도 모르고 냉담한 불감증의 처녀를 한 관능적으로 감미롭고 신비로운 성性에 눈뜬 여자로 만들어 줄 수 있는 그런 남성인가 하고. 그러기엔 그가 너무 고상하고 지적이며 정신적인 것 같았으니까요. 육체적인 행위는 언제나 그에게 걸맞지 않게 비속하고 수치스러워 보였어요. 마치 그가 타락이라도 하게 되는 것 같이. 그러니 저로서도 성적으로 흥분한다는 것이 제가 추한 여자로 전락하는 거처럼 느껴졌어요.

오, 영원무궁하고 전지전능하신 여신님, 이미 잘 알고 계시겠지만 방금 제가 다 고백한대로 사정이 그러했습니다. 꾸짖으실 것은 꾸짖어 주시고 벌하실 것은 벌해주십시오. 욕망이나 욕정이란 제 고귀한 남편 슈리다만과는 거리가 멀었어요. 그의 머리뿐만 아니라 그의 몸하고도 거의 상관없었지요. 그렇지만 여신님께서도 인정해주시리라 믿어요. 사람에게 있어서 머리나 생각 못지않게 몸과 느낌이 중요하다는 것을. 저기 굴속에 그토록 가엾고 처참하게 그의 머리로부터 떨어져 있는 몸은 어떻게 사랑의 의식과 절차를 치르고 밟아야하는지조차 몰랐어요. 제 몸과 마음을 그는 사로잡지 못했어요. 제 성욕과 정욕을 일깨워주긴 했어도 채워 잠재워주진 못했지요. 여신님, 제게 자비를 베풀어주세요. 당신의 피조물인 제 몸속에 일깨워진 관능적인 욕구와 갈망을 만족시키고 풀길이 없었어요. 제 온 몸의 갈증을 가실 길이 없었지요.

그런데 날이면 날마다 난다가 제 앞에 있었어요. 낮에도 눈에 띄고 저와 제 남편이 밤에 잠자리에 들기 전 저녁에도 늦도록 저는 그를 보았지요. 결혼한 후로 비로소 남자를 남성으로 볼 줄 알게 된 여자의 여성적인 눈으로. 그러다 보니 망측하게도 이상야릇한 호기심이 생겼고 의문이 머릿속에 떠올라 꿈까지 꾸게 되었어요. 제 남편이 슈리다만이 아니고 난다였었다면 그는 어떠했을까? 어떻게 저를 안아주고 사랑해주었을까? 슈리다만같이 말은 잘 못하고 아는 것도 많지 않지만 여자를 황홀하도록 즐겁게 해주는 일에서만큼은……. 그러다간 저 자신도 모르게 소스라쳐 저 자신을 나무라고 타일렀지요. 다르지 않을 것이라고. 몹쓸 계집 같으니라고. 제 남편을 마음속 생각으로 배신하며 죄짓는 일이라고. 이것이 언제나 늘 계속해서 반복되었어요.

제 딴에는 애써 그 가능성조차 부인하고 부정하려 했지요. 제 스스로에게 반문하면서. 말이나 행동이나 그의 생긴 얼굴과 몸의 생김생김부터가 단순하기 짝이 없는 난다인데 그런 남자가 어떻게 더 낫거나 여자를 더 만족시켜줄 수 있겠는가라고. 그러나 아무리 잊으려고 발버둥 쳐도 아무 소용없었어요. 그의 색정이 머리끝부터 발끝까지 온 몸에 가득 차있어 제 몸이 또한 머리끝부터 발끝까지 미치도록 기쁘게 해줄 수 있으리라는 생각과 믿음이 날로 시시각각으로 제 몸과 마음 구석구석으로 파고들더군요. 정말 미칠 지경이었어요. 아무리 뿌리쳐도 떨쳐버릴 수가 없었어요. 더더구나 그가 늘 제 앞에서 서성거리고 있었으니 말이에요. 그와 슈리다만은 잠시도 서로 떨어져 못 사는 절친한 사이였으니까요.

두 사람은 모든 면에서 그렇게 정 반대일 수가 없었기 때문이었나봐요. 난다를 온종일 보다가 밤에는 그의 꿈을 꾸었어요. 어쩌다가 그의 몸이 제 몸에 살짝 닿기라도 하면 제 온 몸이 짜릿하게 제 피부의 촉각이 모두 곤두섰지요. 전신이 오싹하도록 기쁘고 너무도 행복해서. 검은 털이 난 그의 탐스럽고 멋진 두 다리로 걷고 움직이는 그를 보면서 그 다리로 저를 장난스럽게 그리고 정열적으로 휘감는 것을 상상하노라면 막 어지럽고 제 가슴이 터질 듯 흥분해 두 젖꼭지에 이슬이 맺히듯 말랑 꼿꼿해졌지요. 날이 갈수록 나날이 그는 더 매력적이었어요. 돌이켜 생각해보면 전에 그가 절 그네 태워주었을 때 제가 어떻게 아무런 감정도 없이 그를 볼 수 있었고 그의 몸에 바른 겨자기름 냄새를 아무 자극이나 유혹도 받지 않고 맡을 수 있었는지 참말 알 수도 이해할 수도 없어요. 왜냐하면 이제 그는 제게 있어 저 신비로운 매력의 간다르바 시트라라타 왕자이고 아름다움과 젊음이 넘치는 사랑의 신, 비쉬누의 제8신 크리쉬너에 다름없었으니까요.

이러한 상태에서 결혼식을 올리고 그날 밤 슈리다만이 제 몸에 가까이 오자 저는 슬픔에 얼굴이 창백해졌었고 저를 신부로 끌어안는 신랑이 슈리다만이 아닌 난다라고 상상이라도 하기 위해 눈을 꼭 감았었지요. 그런데 그뿐이 아니었어요. 일이 그 정도에서 끝났어도 좋았을 텐데요. 그렇지가 않았어요. 너무도 간절히 난다를 그리워하고 사모하는 절절한 절망의 순간 저도 모르게 난다의 이름을 신음의 속삭임소리로 부르게 되었어요. 그러니 슈리다만도 알게 되었지요. 첫날밤 신랑의 품에 안긴 신부가 찾는 남자는 자기가 아닌 난다임을.

제가 처음부터 결혼의 서약을 깬 여자임을. 아아, 이를 어떡하죠. 그런데 그 후 때때로 자다가 저는 꿈속에서 잠꼬대까지 하게 되었으니 슈리다만이 얼마나 괴로웠겠어요. 그가 얼마나 깊이 상처받고 몹시 고민하는지 침울한 그의 우울증과 저를 멀리하는 그의 기피증이 말해주었지요. 첫날밤 이후로 슈리다만은 두 번 다시 제 몸에 손끝도 대지 않았으니까요. 난다도 물론 저를 건드리지 않았지요. 그러고 싶지 않아서가 아니고, 그러고 싶은 마음 간절했지만, 맹세코 그도 저처럼 늘 강한 유혹을 받고 있었음에 틀림없지만, 친구와의 의리와 우정 때문에 그 유혹을 물리쳐왔어요. 그리고 저도 그랬어요. 제 말을 믿어주세요. 영원한 어머니 여신님, 정말 적어도 저는 그렇게 믿고 있어요. 설혹 난다가 유혹에 못 이겨 아무도 모르게 제 침실에 들어왔다 해도 저는 제 주인이고 남편인 슈리다만의 명예를 지키기 위해 난다를 방밖으로 내쫓았을 거예요. 그런데 문제는 제게 남편이 없었다는 것이에요. 우리 세 사람이 다 말하자면 극도의 금욕, 극기, 자제 상태에 있었다고 할까요.

이런 상황에서 우리가 제 친정나들이 길을 떠나왔다가 길을 잘못 들어 우주만물의 어머니 당신의 신전까지 오게 되었어요. 여기에 도

착하자 슈리다만이 잠시 당신의 신전에 들어가 기도하고 오겠다고 하더니 그의 번뇌와 고뇌를 이기지 못해 스스로의 몸과 머리를 떼어놓고 저를 이처럼 비참한 과부로 만들어 논 것이에요. 극기의 극심한 곤욕을 더 이상 견디지 못해 죄인인 저에 대한 선의에서 저를 위해 그는 자기 자신을 희생시켜 제물로 당신께 바친 거예요.

너그럽고 은혜로우신 여신님, 용서하고 들어주세요. 사실은 그게 아니고요. 그가 스스로의 목숨을 당신께 제물로 바친 것이 아니고 저와 그의 다정한 친구 난다 우리 두 사람에게 바친 것이었어요. 서로 간절히 사모하고 갈망하는 두 남녀가 평생토록 즐겁고 행복하게 같이 진짜 부부로 살아보라고. 육체의 쾌락과 기쁨을 한껏 맛보면서. 그런데 말이죠. 친구를 찾으러 당신의 신전 동굴 속으로 들어간 난다가 제물로 희생된 슈리다만의 두 동강 난 시체를 보고 자신의 목을 쳐 그의 몸과 팔, 다리 쓸모없도록 만들어버린 거예요. 맞아요. 쓸데없게요. 아무 소용없게 되어버린 제 목숨 그 더욱 소용없도록. 이제 남편도 친구도 없어진 저 역시 제 머리가 없어진 거예요. 머리 없는 몸만 남았어요. 이와 같은 제 불행이 전생에서 제가 지은 죄 때문이겠지요. 이제 제 말 다 들으셨으니 제가 이승의 제 삶을 끝내야 한다고 보지 않으셔요? 여신님이여!"

그러자 천둥치는 음성으로 여신이 말한다.

"당치 않은 소리 그만 둬. 네 탐욕스러운 호기심에서 아주 평범한 난다를 네가 신격화했던 거야. 세상에는 그와 같은 팔, 다리 가진 녀석 수도 없이 많아."

그러고는 좀 부드러워진 음성으로 여신의 목소리가 들린다.

"딱도 하지. 만물의 어머니인 내가 보기엔 육욕이란 것이 애처롭기 그지없어. 그런데 세상 사람들이 너무 대단한 것으로 여긴단 말이야. 어떻든 질서가 있어야 해."

갑자기 그 목소리가 거세진다.

"진실로 나는 무질서 혼돈이야. 바로 그렇기 때문에 질서를 잡아야 해. 따라서 무엇보다 결혼의 신성함은 불가침이어야지. 아무래도 좋다고 내 너그러운 성품으로 용납하다가는 모든 것이 뒤죽박죽 엉망이 될 테니까. 특히 너로 말하자면 봐줄 수가 없어. 이 소동 난장판을 친 데다가 그것도 모자라 갖은 건방진 소리까지 하다니. 네 말이 내 아들 두 녀석이 스스로를 제물로 내게 바친 게 아니라 한 녀석은 제 목숨을 네게 바쳤고 또 한 녀석은 제 친구 녀석한테 바쳤다고 했는데 그런 불손하고 불경스러운 말이 어디 있어? 그 말의 사실 여부는 그만 두고라도. 네 말 가운데 진실이 있을 수도 있지.

어떤 한 행위가 복합적인 동기에서 일어나는 만큼, 매사가 그렇게 똑 떨어지게 분명할 수는 없는 법이니까. 슈리다만이 제 목숨 바친 것이 전적으로 내 자비를 구해서만은 아니었어. 그 자신이 얼마나 분명히 알고 있었는지 확실치 않지만 실제로 너 때문에 당하는 고통을 더 이상 견딜 수 없었던 거야. 그리고 난다의 희생은 어차피 그가 피할 수 없는 것이었어. 자, 이제 두 녀석이 다 피를 내게 바쳤고 내가 그들의 제물을 별로 받고 싶지 않으니 내가 만일 되돌려 주면 네가 앞으로는 더 좀 네 처신을 잘 할 수 있겠니?"

"아이고, 거룩하고 자비로우신 어머니 여신이시여!"

감격한 시타가 눈물로 울부짖는다.

"그렇게만 해주실 수 있다면, 이 끔찍한 일들이 없었던 것처럼 남편과 친구를 되살려 제게 돌려주실 수만 있다면 제가 더 이상 다시는 망령되고 망측한 꿈도 꾸지 않겠으며 고귀한 인격의 슈리다만이 고통받는 일이 없도록 하겠어요. 그렇게 해주시기만 한다면 모든 것을 먼저 대로 되돌려주시기만 한다면 정말 말로 다할 수 없이 고맙겠어요. 이런 끔찍한 일이 생기기 전에 제가 슬프지 않았던 것은 아니지만 두 남자의 참혹한 시체를 당신의 신전 안에서 보고 절실히 깨달았어요. 그토록 비참한 말로가 피할 수 없이 온 것이었다고. 그러나 이제 모든 것을 돌이켜 주실 수 있는 능력이 있으시다면 얼마나 좋겠어요."

"무슨 소리야. 그럴 힘이 내게 있음을 네가 의심이라도 한단 말이냐? 그런 일을 내가 정말 할 수 있느냐고? 그보다 더한 일도 난 수없이 해왔다. 내가 말하건대, 네가 내 동정을 살 자격은 없지만 난 너와 네 뱃속에 있는 어린 것 그리고 내 신전 속에 나자빠져 있는 두 녀석을 다 가엾이 여겨 네게 일러주는 것이니 내가 지금부터 하는 얘기를 잘 들어라. 당장 네 목매려던 그 덩굴올가미 네 손에서 내던져버리고 내 신전 동굴 속으로 들어가거라. 들어가서는 정신 똑바로 차려 까무러치거나 훌쩍거리지도 말아야 한다.

두 녀석 머리를 몸통에다 끌어다 다시 맞붙이거라. 그리고 칼로 잘렸던 자리를 칼날로 쓰다듬으며 내 이름을 불러 축복을 빌어라. 내 분신인 전쟁의 여신 두르가나 창조와 파괴의 여신 칼리 또는 그냥 데이비라고 아무렇게 불러도 다 괜찮다. 그러면 두 젊은이 목숨이 되살아날 것이다. 내 말 알아듣겠니? 한 가지 주의할 점은 너무 성급하게 머리와 몸통을 맞붙이지 않도록 해라. 머리와 몸통이 서로 끌어당기겠지만, 흘린 피가 제 자리로 되돌아가려면 시간이 좀 걸린다. 그렇지만 이 모든 게 요술이나 마술처럼 일분이면 다 된다. 내 말 잘 들었지? 그럼 어서 달려가거라. 제대로 잘해야 한다. 당황하여 허둥지둥하느라고 얼굴을 등 쪽으로 뒤통수를 앞가슴 쪽으로 갖다 붙이지 않도록 해라. 세상의 웃음거리 만들지 않도록. 알았지? 자, 그러면 어서 가거라. 내일까지 기다렸다간 너무 늦게 된다."

제 9 장

Transposed Heads

시타는 더 이상 아무 말도 하지 않고 고맙고 감사하다는 말조차 할 틈 없이 신전 굴속으로 달려간다. 그리고 여신께서 일러주신 대로 작업을 한다. 그러자 정말 기적같이 두 남자 다 멀쩡하게 살아 일어나지 않는가! 시타의 눈앞에서. 목에는 상처가 있던 아무 흔적도 없이. 두 남자는 시타를 다음에는 각기 제 몸을 내려다보고 나선 서로를 마주 본다. 그런데 스스로를 보기 위해 두 사람은 상대방을 볼 수밖에 없었다.

시타, 네가 어떻게 한 것이야? 이게 어찌 된 일이지. 허둥지둥 서두르다 일을 어떻게 해 논 것이야? 한 마디로 해서 (작업을 위한 행동과 이에 따른 일의 발생과정에서) 이 무슨 변이 생긴 거야? 흥분상태에서 네가 정신없었겠지. 그러나 눈을 감고 네가 작업을 하진 않았을 텐데 어떻게 이럴 수가 있어? 아니야, 아니지. 얼굴은 등 쪽으로 뒤통수를 앞가슴 쪽으로 잘못 갖다 부치지는 않았어. 그러나 사실대로 똑바로 말하자면 뭐라 해야 옳지. 불행, 불운, 재난 뭐라 하던 간에 두 남자의 머리와 몸통을 바꿔 붙여 논 거야. 난다의 것을 슈리다만에게, 슈리다만의 것을 난다에게. 다시 말해 난다의 몸은 슈리다만의 머리에, 슈리다만의 몸은 난다의 머리에 붙어버린 거야. 그러니 시타 네 앞에 되살아난 것은 네 남편과 친구가 아닌 둘이 반반씩 섞인 거야. 네가 바라보는 난다는 난다가 아니고 네가 바라보는 슈리다만도 슈리다만이 아니야. 난다의 머리와 얼굴에는 슈리다만의 몸과 팔, 다리가 붙어있고 슈리다만의 머리와 얼굴에는 난다의 몸과 팔-다리가 달려있으니 누굴 누구라고 부를 거야?

이 얼마나 해괴망측한 노릇인가! 일을 너무 서두른 결과로 벌어진 사태이다. 희생되었던 제물들이 다시 소생하긴 했으나 변신해 살아난 것이다. 시타가 지르는 기쁨의 환성이 경악의 비명으로 변하더니 후회의 신음소리로 이어지다가 급기야 웃음소리로 폭발한다. 둘을 번갈아 끌어안던 시타가 그들의 발 앞에 몸을 던져 눈물과 웃음을 섞어가며 어찌된 영문인지 그 자초지종을 밝힌다.

"할 수만 있다면 절 용서해주셔요. 절 용서해줘요 슈리다만."

슈리다만의 얼굴은 향해 그녀는 사정한다. 그 얼굴에 달린 난다의 몸은 못 본 체 하고.

"절 또 용서해줘요, 난다."

이번에는 난다의 얼굴을 향해 그녀는 애원한다. 또한 그 얼굴에 붙어있는 슈리다만의 몸은 무시하고.

"오, 정말 절 용서해줘야 되요. 두 분이 한 짓을 생각해 보셔요. 절 절망에 빠뜨리고 말이에요. 제가 막 목매 죽으려는 찰나 데이비 여신님의 음성을 듣게 되었고 데이비 여신께서 일러주신 대로 정신없이 머리와 몸을 갖다 붙이다 보니 이렇게 된 거에요. 이렇데 된 데에는 여신님에게도 책임이 있어요. 왜냐하면 여신님께서는 얼굴 쪽에 등이 붙지 않도록 주의하라는 말씀만 제게 해주셨거든요. 그래서 저는 머리 뒤통수가 앞가슴 쪽으로 오지 않도록 하는 데만 신경을 썼나봐요. 이렇게 머리와 몸통이 뒤바뀔 것은 여신님께서도 미처 생각하지 못하셨나 보지요. 두 사람 다 제게 솔직히 말해 주셔요. 이런 뒤바뀐 머리와 몸으로 부활하신 데 대해 절망하고 영원토록 저를 원망하고 저주하실지 말입니다. 만일 그러시다면 제가 여신님 음성 듣기 직전에 준비했던 대로 제 목을 매 죽어버리겠어요. 그렇지 않고 절 용서해 주실 수 있다면 이렇게 된 상황에서 오히려 전보다 우리 세 사람 사이가 훨씬 더 좋아질 수 있을까요? 자, 이제 전과 달리 튼튼한 몸을 갖게 된 슈리다만, 말해주셔요. 그리고 이제는 가냘픈 몸의 난다도 말해줘요."

시타를 용서하는데 경쟁이라도 하듯 변신한 두 젊은이가 엎드려 그녀를 일으켜 세워 셋이서 같이 울며 웃으며 서로를 부둥켜안는다.

즉시 두 가지가 분명해진다. 첫째는 시타가 처음에 어찌할 바를 모르다가 그래도 머리와 얼굴을 보고 두 사람을 구별해 부른 것이 옳았다는 것이다. 누구의 몸과 팔, 다리가 달려 있는가 보다는 누구의 머리와 얼굴을 가졌는가에 따라 두 사람의 각기 '나'와 '내 생김'이라는 존재의식이 있어서이다. 그 다음 둘째로는 두 사람 다 각기 제 머리와 몸이 뒤바뀐 데 대해 화를 내거나 언짢아하지 않았다. 싫어하기는 커녕 도리어 좋아하고 기뻐했다.

슈리다만이 말한다.

"만일 난다가 보잘 것 없는 내 몸을 갖게 된 것을 수치스러워하지만 않는다면 이제 더 바랄 것 없이 난 이 세상에서 가장 행복한 남자가 된 거야. 난 언제나 이처럼 건장한 몸을 가졌으면 하고 늘 난다를 부러워했었으니까. 그 무엇보다도 그토록 시타가 밤낮으로 탐내던 몸을 내가 이제 갖게 되었으니 이런 축복이 또 어디 있겠어. 시야, 좋고말고 여부없지!"

이 말에 난다가 말을 가로 막는다.

"시야가 아니고 시야트라고 해야겠지. 형이 전에 내 말을 고쳐주었듯이. 내 무식한 팔, 다리가 형의 유식한 입을 지배하지 않도록 말이야. 어떻든 형이 내 몸을 갖게 된 것 난 진심으로 축하해. 난 그 몸을 너무 오래도록 지녀 싫증이 났었어. 그러니 나도 환영하지. 우리가 이렇게 뒤바뀌게 된 사태를. 시타 형수님 나 또한 조금도 화나지 않았어요. 시야트, 좋고말고요. 난 언제나 이처럼 가냘프고 섬세한 팔, 다리를 갖고 싶었거든요. 그러고 보니 형수님이 우리 몸과 머리를 갖다 붙일 때 원하는 머리와 몸끼리 저절로 달라붙었나 봐요. 아주 자연스럽게.

다시 말하자면 우리 두 사람의 우정의 힘이었나 봐요. 이렇게 된 것이. 그래서 우리 사이가 전보다 더 가까워지게 된 셈이죠. 다만 한 가지 유감스럽게 여겨지는 것은 이 귀티 나고 귀족적인 몸이 내 천하고 나쁜 머리에 매달리게 되었다는 사실인데 슈리다만의 말을 방금 들어보니 그가 시타 아가씨와의 미래를 자기의 것으로 간주하는 것 같은데 그렇게 당연시할 수 없는 일이라고 난 생각해요. 대단히 중요한 문제는 단 하나뿐인데 내 머릿속에 떠오르는 해답은 슈리다만형과 시타 아가씨의 생각과는 다른 것 같아요."

"어떻게?"

시타와 슈리다만이 한 목소리로 묻는다.

"어떻겠냐고? 아니, 어떻게 어떻게냐고 물어보기까지 하지. 나에게는 내 몸이 제일이고 결혼에 있어서도 그렇다고 나는 생각해. 몸에서 어린애가 생기지 머리에서 생기지 않으니까. 세상 사람들에게 물어보자고. 시타의 뱃속에 있는 어린애 아버지가 나라는 사실을 부인할 사람 하나도 없을 거야."

난다의 이 말에 슈리다만이 소리친다.

"정신 좀 차려, 난다. 네가 지금 무슨 소릴 하고 있는지 알아? 너 정말 난다야, 아니면 넌 누구야?"

"난 난다지. 그리고 내 머리에 달린 이 몸은 내 것이야. 그러니 시타는 내 아내고 이 몸으로 잉태한 시타 뱃속의 애기도 내 아이지."

이 말에 슈리다만이 떨리는 목소리로 대꾸한다.

"정말? 나 같으면 그런 말 못하지. 네 머리에 지금 붙어있는 몸이 내 몸이었을 때 그 몸이 시타 옆에서 자긴 했어도 그녀가 자면서 잠꼬대하는 것을 듣고 알게 된 사실이지만 시타가 정말 껴않은 몸은 그 몸이 결코 아니었어. 그 몸 대신에 그 당시로는 네 몸이었지만 지금은 내 몸이 되고만 바로 이 몸이었단 말이야. 내 친구야, 네가 이 문제를 들추는 것이 아니었어. 고통스러웠던 일들을 들춰내 나로 하여금 이렇게 이 문제에 대해 언급하도록 강요하는 것이 아니었어. 네가 어떻게 네 머리 아니 그보다는 네 몸만 중요시하여 마치 네가 내가 되고 내가 네가 된 것처럼 그럴 수 있니? 진정 그렇게 뒤바뀌어 네가 슈리다만, 시타의 남편이 되고 내가 난다가 된 것이라면.

그렇다면 아무 변화도 없고 모든 것이 그대로인 셈이지. 행복한 기적이 일어났다면 그것은 시타의 손으로 머리와 팔, 다리들이 바뀐 것뿐이고 우리 머리들이 우리 팔, 다리들의 주인임을 우리가 기뻐하고 있는 거야. 무엇보다도 우리가 제일 기뻐하는 것은 시타의 행복을 위해서였어. 그런데 이게 뭐야. 네가 네 지금의 몸을, 결혼한 사람의 몸을 주인이라고 고집하면서 나보고 친구의 역할만 하라니 어떻게 네가 이렇게 이기적일 수가 있는가 말이야. 넌 지금 네 생각만 하지 시타 생각은 전혀 하고 있지 않아."

“형 말마따나 시타를 위해서지. 이제는 형의 몸이라 부르는 그 몸으로 그녀를 사랑해줄 수 있게 되었으니. 형도 나와 똑같이 형 위주 자기본위로 생각하고 있어. 그뿐만 아니라 형은 내 말을 오해하고 있어. 내가 나라고 하는 것은 내 머리에 붙은 형의 몸을 가리키는 것 아니고 내 머리와 얼굴을 말하는 거야. 내가 형처럼 시타 생각 안 한다고 그러는데 천만의 말이지. 시타가 무슨 말을 내게 할 때는 물론이고 그냥 날 바라볼 때에도 그녀는 늘 내 얼굴을 빤히 쳐다보며 내 눈동자를 빨아들이듯 했었는데 이제 그 뜻을 알 것 같애.

시타가 원하는 것은 내 몸이나 팔, 다리가 아니고 매력적으로 잘 생긴 내 얼굴과 머리였던 거야. 형 자신 스스로 형의 머리와 얼굴 때문에 형의 몸이 아닌 내 몸을 갖고서도 형 자신을 난다가 아닌 슈리다만이라고 하는 것 아니야. 시타가 떨리는 달콤한 목소리로 내 이름을 다정하게 부르며 자꾸 접근하고 말을 걸어왔어도 난 일부러 그녀의 이름을 부르지 않았고 꼭 필요한 말 이외에는 대답도 잘 하지 않았던 거야. 이것이 다 형과 시타 부부사이를 존중해서였고 형에 대한 의리와 우정 때문이었어. 그러나 이젠 시타가 그토록 자주 뚫어지게 그리고 의미심장하게 날 바라보곤 하던 내 얼굴과 눈에다 그녀의 남편 몸까지 내게 있으니 내 사정이 근본적으로 시타한테 유리하게 바뀐 것이지. 이젠 머리도 몸도 다 시타의 것이야! 우리가 무엇보다도 시타의 행복과 만족을 도모한다면 더 이상 순수하고 완벽한 해결책이 없어. 내가 말하는 내 방도 외에는.”

그렇지 않다고 슈리다만이 강력히 이의를 제기한다.

"아니야, 그렇지 않아. 네가 이렇게 나올 줄 난 상상도 못했었지. 네가 내 볼 품 없는 몸을 갖게 된 것을 창피스러워 할까봐 걱정은 했었어도. 그런데 이제 결혼에 있어서 중요한 것은 머리라 했다가 또 몸이라 했다가 네 마음대로 네 멋대로 이러쿵저러쿵하는 자가당착에 빠진 것을 보고 내 전신인 지금의 네 몸이 네 혼란한 머리가 부끄러워 몸이 다 붉어지겠다. 항상 겸손하던 네가 어찌 이토록 갑자기 건방지게 네 자신이 시타의 행복을 보장해줄 수 있는 이 세상에서 가장 순수하고 완전무결한 사람이라고 우길 수가 있는가 말이다. 사실인즉 시타를 더할 수 없도록 즐겁게 해줄 수 있는 조건을 다 갖춘 남자는 내가 분명한데.

어떻든 우리 둘이 아무리 더 이상 왈가왈부 해봤자 소용없을 테니 여기 서있는 시타에게 물어보자. 그녀가 누구의 아내고 누구의 것인지. 시타가 스스로의 행복을 위해 우리 두 남자 가운데 누구를 선택하는지 알아보자고."

그러자 당황한 시타가 두 남자를 번갈아 바라보다가 두 손으로 얼굴을 가리고 울부짖는다.

"전 말할 수 없어요. 제게 선택을 강요하지 마셔요. 전 못난 여자일 뿐인데요. 결정하기 너무 힘들고 어려워요. 처음에는 아주 쉬워보였어요. 제가 저지른 실수에 몸 둘 바를 몰랐지만 두 사람이 다 기뻐하는 것 보고서 저도 기쁘게 생각했어요. 그러나 두 분의 말씀이 제 머리를 어지럽게 했고 제 가슴을 두 쪽으로 찢어놓았어요. 그래서 두 분이 다투듯이 제 마음도 한 쪽은 또 한 쪽과 반쪽끼리 서로 맞서 싸

우고 있어요. 사랑하는 슈리다만, 당신이 하신 말씀 옳아요. 당신의 모습을 가진 남편 따라 제가 갈 수밖에 없다고 꼭 집어 말씀해주시지는 않았어도.

그러나 난다의 의견도 이해가 가고 저도 동감이에요. 제가 사랑하는 난다라고 그를 부를 때 저는 그의 몸보다는 그의 얼굴이 좋아서 그 얼굴에서 매력을 느꼈었으니까요. 그런데 이제는 저한테 제 남편의 머리와 몸 둘 중 어느 것이 더 중요하고 저를 행복하게 해줄 수 있을는지 전 모르겠어요. 저를 더 이상 고문하지 말아주셔요. 저는 이 수수께끼를 풀 수 있는 능력도 없고, 또 두 사람 가운데 어느 쪽이 제 남편인지 판단할 수 없으니까요."

어찌할 도리 없이 침묵이 흐른 뒤 난다가 말한다.

"사정이 그렇고 우리 두 사람 중에서 시타가 누구를 선택할지 몰라 결정도 판단도 할 수 없다면 판결은 제3자 아니 제4자에게서 나오는 수밖에 없겠어. 조금 전에 시타가 자기는 슈리다만의 모습을 한 남자의 집으로 갈 수밖에 없다는 말을 할 때 나는 내 머릿속으로 생각했지. 시타가 나를 남편으로 선택할 경우에는 우리는 슈리다만의 집으로 가는 대신 외딴 곳에 가서 살리라고. 외딴 황무지에 가서 세속과 인연을 끊고 은둔생활 한다는 것이 전부터 내겐 아주 매력적이었으니까.

특히 나를 못 견디게 늘 유혹하는 시타의 매혹적인 시선이나 음성을 피할 길이 없어 내 우정과 의리를 지키기 위해서라도 차라리 은둔자가 되려고 난행, 고행하는 극기주의자 도사 한 분을 내가 알아두었었지. 그 도사님으로부터 은둔자가 되는 법을 배워볼까 하고. 그 도사님의 이름은 카마다마나인데 그를 내가 단카카 숲속으로 찾아가 방문한 적이 있지. 그의 주위에는 성인, 성자들이 많이 살고 있어. 은둔생활하면서.

그의 본래 성씨는 구하인데 카마다마나란 종교적인 이름을 지어갖고 이 종교적인 이름으로 불리기를 원하시지. 여러 해를 두고 오랫동안 단카카 숲속에서 목욕이나 말하는 것에 대한 엄격한 계율을 지키며 수도해 오신 도사님이신데 그분이 입적하실 날도 멀지 않았을 거야. 그러니 우리 어서 이 도사님을 찾아가 우리 사정을 말씀드리고 시타의 행복을 좌우할 판결을 받아보도록 하면 어떨까? 슈리다만과 시타 아가씨만 동의한다면 우리 둘 중에 누가 시타의 남편인지 그의 결정과 판단에 맡기자고."

"그래요. 그래. 난다 말이 옳아요. 우리 어서 그 성자를 찾아가요."

시타가 신나서 말한다. 그러자 슈리다만도 응답한다.

"우리 문제는 우리끼리 풀 수 없는 객관적인 것인 만큼 객관적이 지혜를 빌리는 것이 좋겠어. 나도 동의하지."

이렇게 세 사람이 합의를 보자 이들은 신전 동굴 밖으로 나와 마차에 오른다. 그런데 여기서 또한 문제에 부닥친다. 다름 아니고 두 남자 가운데 누가 마부석에, 누가 뒷좌석 시타 곁에 앉느냐는 문제였다. 이틀이 걸리는 거리에 있는 단카카 숲으로 가는 길은 난다가 알고 있었지만 험한 산길로 차를 모는 데는 힘이 세고 몸이 튼튼한 사람이 차를 몰아야 하겠기에 전에 자기가 그랬듯이 이제는 슈리다만이 몰도록 난다는 마부석을 슈리다만에게 내주고 뒷좌석 시타 곁에 앉아 앞에 앉은 슈리다만에게 길을 안내한다.

제 10 장

Transposed Heads

길 떠난 지 사흘째가 되는 날 그들은 단카카 숲에 이르렀다. 무성한 숲속에 드문드문 성자들이 외따로 살고 있었다. 모든 인간의 욕망을 극복했다는 카마다마나 도사를 찾기가 쉽지 않았다. 이 숲 속에서도 닦는 은둔자들은 하나같이 다른 은둔자에 대해 관심 없이 숲 속에 자기밖에 다른 사람이 없는 줄로 알고 있었다. 이들은 도 닦는 데 있어 여러 가지 다른 수준에서 다른 경지에 이르고 있었다. 가족을 떠나왔으나 때때로 부인을 만나보는 명상과 묵상의 초심자들이 있나 하면 세속을 완전히 떠난 요가수도자들도 있었다. 모든 감각과 욕정을 억제하기 위해 제 살을 칼로 베는가 하면 굶어 죽을 지경에 이르도록 금식하기도 하고 벌거벗은 몸으로 비를 맞으며 땅바닥에 누워 자기도 한다. 그리고 한 여름 더운 날씨에도 네 개의 횃불로 둘러싸여 제 살을 지지고 태우는 고행수도자들도 있었다.

이밖에도 며칠씩 땅바닥에 뒹굴거나 발끝으로 계속 서있지 않으면

빠른 동작으로 앉았다 일어 섰다를 끝없이 반복하고 있었다. 이렇게 하다가 건강을 해치고 제 몸의 신격화 증상이 나타나면 이들은 북쪽과 동쪽으로 마지막 순례의 길을 떠난다. 풀도 나무뿌리도 입에 대지 않고 물과 공기로만 지탱하면서. 그러다 몸이 쓰러져 숨이 넘어가고 혼이 브라마 우주만물의 창조신 범천梵天과 하나가 되도록.

숲 입구에 살면서 속세와 그래도 접촉을 좀 하면서 가볍게 도 닦고 사는 가족에게 마차를 맡겨놓고 슈리다만, 난다, 시타 세 사람은 숲속을 헤매면서 카마다마나 도사를 찾는다. 길도 없는 숲속을 헤맨다. 난다가 전에 한 번 그를 찾은 적이 있지만 그때의 그 몸과 같지 않은 다른 몸이었기 때문에 더 감을 잡기 어려웠다. 카마다마나 도사가 있는 거처가 어디쯤이었는지.

더러 숲 속 동굴이나 나무둥지에 사는 은둔자들을 만나도 모르거나 모른 체 하는 것이었다. 그래도 이들의 부인들이 남편 모르게 넌지시 방향을 가리켜주곤 해서 숲속에 들어와 하루 종일하고 한 밤을 지낸 뒤 가까스로 그들이 찾는 도사의 거처를 찾게 된다.

흰 머리를 땋아 올린 채 마른 나뭇가지처럼 여윈 두 팔을 하늘로 향하고 수렁의 늪 속에 목까지 몸을 담그고 있는 카마다마나를 보면서도 그의 엄숙하고 거룩한 모습에 위압되어 멀찌감치서 그를 바라볼 뿐 그들은 그의 이름조차 부르지 못하고 기다린다. 아무리 오랫동안 기다려도 그가 그들을 못 보았기 때문인지 그 반대로 그들을 보았기 때문인지 꼼짝도 않고 그대로 늪 속에 서 있는다. 그런 지 한 시간쯤 지나서야 늪 밖으로 나오는 그의 벌거벗은 몸은 수렁의 진흙투성이가 되어있다. 그 몸은 살이 하나도 붙어있지 않은 살가죽과 뼈만 앙상한 것이었다. 그러니 그가 벌거숭이라 해도 아무렇지 않았다. 기다리고 있는 세 사람 앞으로 다가오면서 그는 빗자루로 자기 발 앞을 쓸었다. 버러지 한 마리도 밟혀죽는 일 없도록 하기 위해서인 줄 그들은 알고 있다. 불청객 세 사람 앞에 가까이 오자 그는 공중에 높이 쳐든 빗자루로 위협하듯 외친다.

"썩 물러가거라. 너희들, 한가로운 멍청이들 같으니라고! 사람도 안사는 이곳에서 뭣을 찾는 거냐?"

그러자 난다가 공손히 대답한다.

"오, 카마다마나 도사님, 저희들이 사정이 다급해서 이렇게 무엄하게 찾아온 것을 용서해주십시오. 저를 기억하시겠습니까? 전에 한 번 찾아뵌 적이 있는 난다입니다. 고독한 은둔생활을 하는 데 대해 깨우침을 얻고자 찾아왔었지요."

"내가 자넬 알아볼 수 있지. 적어도 자네 얼굴만큼은. 그런데 그 사이 자네 몸이 못 알아보게 줄어들었구먼. 지난 번 날 찾아왔다 간 후로 내 말대로 고행, 수행을 많이 했는가보군."

깊숙이 파진 눈으로 난다를 꼼꼼히 관찰하면서 그가 하는 말이다.

"전번에 제게 해주신 도사님 말씀이 제게 큰 도움이 되었습니다."

이렇게 얼버무리고 나서 난다는 이번에 다시 이렇게 찾아뵙게 된 사유를 말씀드린다.

"그렇지만 변한 제 모습은 전혀 다른 이유 때문입니다. 아주 괴이한 이야기라서 저희 세 사람이 같이 말씀 드려 해답을 얻고자 해서입니다. 저희들끼리는 도저히 풀 수 없는 문제라서 도사님께서 해답을 찾아주셨으면 하는 것입니다. 저희들 얘기를 좀 들어보시고요."

"그러도록 해보지."

카마다마나가 대답한다.

"처음엔 내가 너희들을 쫓아버리려 했지. 그러나 그런 충동과 유혹도 난 극복해야 돼. 세상 사람들을 멀리하는 게 극기요 금욕이라면 그들을 참아내는 것은 더 큰 극기요 금욕이라니까. 자, 이제 너희 방문을 내가 참고 견디어 볼 테니 어디 좀 보자. 너희 세 사람 가운데 농익은 여인도 있고만. 아주 관능적으로 매혹적인 여자야. 날씬한 몸매에다 부드러운 넓적다리와 풍만한 젖가슴, 에잇, 체! 배꼽도 아름답고 얼굴도 사랑스럽고 앞가슴이 팽팽한 여인 어서 오시오. 환영하오. 남자들이 그대를 보면 온 몸의 털들이 정욕에 곤두서지 않던가요?

아무튼 세 사람의 문제들이 그대 때문 아니던가요? 그대의 유혹 때문에. 그대 만세로다. 그대가 아니었다면 내가 당장 이 두 녀석 젊은 것들을 쫓아 버렸을 텐데 아가씨랑 같이 왔으니 이곳에 있고 싶은 만큼 머무시오. 내 거처 나무둥지로 초대하오. 그리고 대추나무 열매를 대접하리다. 그리고 나서 얘기를 내가 들어보리니. 속세 삶의 이야기는 날 거의 숨 막히게 하겠지만 한 마디도 빼지 않고 죄다 들어볼 것이오. 나 카마다마나는 세상의 어떤 소리도 다 들어볼 수 있는 용기가 있다오. 실은 용기와 호기심이란 것을 구별하기 곤란하지만.

어쩌면 내가 이 외진 곳에서 오래 살다보니 세상얘기 듣고 싶어졌는지 모르지. 대추나무열매도 마찬가지야. 내 곁에 놔두는 것은 외면하기 위해서라기보다 그 맛은 안 보더라도 그 멋이라도 보기 위해서지. 그 멋에 취하다보면 그 맛까지 보고 싶어지지. 그런 유혹조차 받지 않는다면 도 닦고 극기, 금욕하는 일이 너무 쉬워진단 말이야. 그래서는 재미가 없지. 따라서 나는 이 대추열매 맛을 안 본다 해도 손님들에게 대접해 손님들이 맛있게 먹는 것을 보고 즐길 수 있단 말이야. 그러면 이 세상의 많은 일들이 착각 속에 일어나는 환각에 불과하듯이 나와 당신들 사이의 차이나 구별이 없어져 그 열매들을 내가 먹은 것같이 되지.

한 마디로 줄여보자면 고행 수도 생활하는 금욕주의는 밑 빠진 독이야. 대가리를 잘라버리면 이내 새 대가리 두 개가 생기는 뱀처럼 그 독 속에서 영적인 유혹과 육적인 유혹이 서로 엉켜있으니까. 그러나 그래도 다 괜찮아. 결국 중요한 것은 용기야. 자, 그러니 나를 따라들 오시게. 세속 냄새 피우는, 암내, 수내 피우는 세상의 잡것들. 이 초라한 내 나무둥지에 들어와 세상사는 삶의 온갖 더러운 얘기 하고 싶은 대로 다 해보시게. 내가 잘 들어보리다. 내가 얘기 듣는 재미로 들어본다는 착각에 빠지지 않도록, 그 어떤 망상에 사로잡히지 않도록, 속에 있는 말 하나도 남김없이 죄다 많이 털어놓으면 좋을 수록 좋을 거야!"

이렇게 말하고 나서 성자는 정글 속으로 길을 인도한다. 빗자루로 발 앞길을 쓸어가면서. 그들이 도착한 곳엔 아주 오래되고 큰 카담바 나무 속이 텅 빈 그가 거처하는 나무둥지가 있었다. 자리에 앉으라고 권한 뒤 그는 세 사람에게 그가 말한 대로 싱싱한 대추나무열매를 내놓는다. 그리고 나서 그는 카좃사르가 자세라는 몸가짐을 한다. 요가자세의 한 가지로 두 팔은 뻣뻣하게 아래로 내리고 무릎관절도 단단히 굳힌 채 손가락과 발가락을 붙이지 않고 따로 따로 떼어 벌거벗은 몸으로 정신이 한 점으로 모이도록 정신일도하는 자세를 취한다. 그가 아무 것도 걸치지 않은 벌거숭이 몸이라지만 살이라고 붙어있는 것이 없다보니 아무렇지 않았다. 제일 먼저 슈리다만이 일어나 그간의 사정과 연유를 말씀드린다.

논쟁의 초점만 부각시키기 위해서는 얘기의 끝부분으로도 충분하련만 슈리다만은 처음부터 시작해서 난다와 자기 자신의 출생으로 말머리를 꺼내 둘 사이의 우정, 같이 여행길에 올랐다가 샘터에서 쉬면서 난다와 함께 시타의 목욕하는 장면을 몰래 훔쳐본 일, 그 후로 그가 앓게 된 상사병, 난다가 나서서 청혼하고 성사된 시타와의 결혼, 게다가 시타가 처녀 때 난다가 그네 태워주었던 얘기도 빼지 않고 한다. 그밖에 다른 일들, 예를 들어 그가 시타와 결혼한 이후로 보게 된 쓴 맛에 대해서는 구체적으로 밝히는 대신 아주 조심스럽게 암시할 뿐이다. 그 자신의 체면이나 자존심을 살리고 지키기 위해서가 아니었다. 이제는 그럴 필요조차 없어진 마당에서다. 왜냐하면 시타가 왜소한 자기 품에 안겨서도 사모하고 꿈꾸던 난다의 우람한 몸이 슈리다만의 몸이 된 그는 더 이상 아무런 열등감도 수치심도 느낄 필요 전혀 없게 되었으니까. 아니, 그보다는 시타를 위해서, 그녀의 곤란하고 당혹스러울 입장을 고려해서였다. 그러지 않아도 계속 몸 둘 바를 모르고 고개 숙인 채 얼굴을 수 논 머릿수건으로 감싸고 있는 가엾은 시타가 아닌가!

난다나 시타는 이미 다 알고 있는 얘기지만 말솜씨 좋은 능변의 슈리다만의 입을 통해 듣게 되는 자신들의 이야기가 그 어떤 신화나 전설 못지않게 놀랍고 재미있게 들렸다. 한편 카좆사르가 자세로 꼼짝않고 듣고 있는 카마다마나도 흥미진진해하는 것 같았다. 드디어 슈리다만과 난다가 차례로 스스로의 목을 잘라 만물의 어머니 여신님께 제물로 바쳤던 일, 자비로운 여신님께서 목매 죽으려는 시타를 긍휼이 보시고 말린 후 두 시체를 소생토록 일러주셨는데 그만 시타가 엉겁결에 두 남자의 몸과 머리를 뒤바꿔 붙여버린 일까지 말씀드린 다음 마지막으로 세 사람이 풀 수 없어 갖고 온 문제를 들어 카다마나 도사님께 여쭙는다.

"이리하여 남편의 머리가 친구의 몸에 올라앉게 되었고, 친구의 머리는 남편의 몸에 붙어버리게 되었습니다. 그러니 거룩하고 지혜로우신 카마다마나 도사님께서 결정해 판단을 내려주십시오. 도사님의 판결대로 우리 세 사람이 따르겠습니다. 이 한없이 아름답고 매혹적인 여인이 누구에게 속하는지, 누가 진정으로 이 여자의 남편인지 말씀해주십시오. 네, 제발 좀 말씀해주십시오. 욕망의 정복자이시여!"

난다가 큰 소리로 자신 있게 외친다.

시타는 다만 얼른 머릿수건을 가렸던 얼굴에서 벗겨 내리고 그녀의 연꽃 같은 눈망울로 해답을 기다리며 카마다마나 도사님을 우러러 쳐다볼 뿐이다. 벌렸던 손가락들과 발가락들을 모아 붙이면서 카라다마나 도사는 깊이 한숨을 쉰다. 그런 다음 빗자루로 한 자리를 바닥에 쓸고 그 자리에 주저앉는다.

"피이, 흥! 망할 것들 같으니라고. 너희들 셋은 내 맘에 꼭 드는 친구들이야! 아니 나의 최적의 적수들이지! 세상에서 제일가는 가장 큰 골칫거리 이야기를 들을 준비와 각오가 되어있었긴 했다마는, 아이고, 맙소사, 너희들 얘기라니! 가장 뜨거운 한여름 날씨에 횃불을 네 개 지펴놓고 그 속에서 견디는 것이 너희들이 내뿜는 열기 속에서 숨쉬기보다 훨씬 더 쉽겠다. 내 마른 얼굴과 몸에 재라도 바르지 않았더라면 내 얼굴과 몸이 화끈 달아 붉어지는 것을 너희들이 똑똑히 보았을 게다.

아, 이 어린 것들아, 어린 것들아! 마치 눈 가리고 연자매 돌리는 소처럼 삶의 수레바퀴 돌리는구나. 정욕의 5관 6감, 방앗간주인의 갖은 학대와 혹사를 받아가면서 말이다. 이제 그만 좀 벗어날 수 없더냐? 추파던지기, 핥기, 침 흘리기, 욕망에 무릎떨기, 이 모든 짓거리 좀 이제 그만둘 수 없더냐? 너희들 미혹하는 미망의 대상이 너희들 눈앞에 어른거린다고? 그래, 그래 알지 내가 다 알지. 사랑의 몸 움직임을. 정욕이 끓어올라 이슬 맺히는 사지 아니, 오지五指의 발버둥질, 등과 어깨를 유연하고 부드럽게 구부려 끌어당기고 감싸 안기, 킁킁하며 아니, 끙끙거리며 냄새 맡는 코와, 입 벌리고 서로를 찾는 혓바

닥과 그 밑동 혓줄기의 난무, 땀에 흠뻑 젖은 털이 무성한 겨드랑이, 손과 손이 더듬는 허리와 엉덩이, 나긋나긋한 등살과 배꼽으로 숨 쉬는 사랑의 율동, 얽힌 팔 다리의 황홀한 포옹, 울긋불긋 흥분의 꽃피는 넓적다리와 그 밑에서 요동치는 엉덩이춤의 광무, 이 모두가 다 한데 어울려 높고 낮은 음조로 파도치듯, 아니, 서로를 피리 불듯 희열의 극치에 오르는, 넌지 난지, 네 살인지 내 살인지, 이건지 저건지 모르게, 여긴지 저긴지 모르게, 아니 하늘인지 땅인지 모르도록, 눈앞에 꽃이 만발하고 별이 총총하도록 얼싸둥둥, 얼싸절싸, 좋고 좋은 것 나도 다 알고 있지!!"

참다못해 난다가 좀 불만스러운 음성으로 말한다.

"카마다마나 도사님, 그런 것은 우리도 다 잘 알고 있습니다. 그런 만큼 다른 말씀 그만 하시고 우리가 알고 싶은 점에 대해 말씀해주시면 됩니다. 누가 시타의 남편인지를."

"판단은 내려진 것이나 다름없다. 이렇게 자명한 일을 갖고 날더러 판단을 해달라니 너희들 스스로가 알고도 남을 일을 갖고서. 물론 좀 찜찜한 구석이 없지 않아 있지. 친구의 머리를 어깨위에 얹은 남자의 부인 말이야. 결혼할 때 신랑이 오른 손을 신부에게 내밀지 않나? 그런데 그 손은 몸에 달린 것이고 그 몸은 친구의 것이 되고 말았구먼."

이 말에 난다가 펄쩍 뛰며 기뻐한다. 시타와 슈리다만은 고개를 숙인 채 앉아있고. 그러자 카마다마나 도사가 좀더 큰 소리로 말을 계속한다.

"그건 단지 전제일 뿐이야. 결론이 내려질 때까지 잠시만 기다리게."

이렇게 말한 뒤 그는 자리에서 일어나 나무껍질로 만든 앞치마 같은 것으로 벌거벗은 몸을 가리더니 재판관이 판결문이라도 낭독하듯 엄숙히 말한다.

"남편이란 남편의 머리를 가진
자라야지. 의심할 여지없이.
여자가 최고지선의 행복이라면
더할 수 없는 기쁨의 경지야.
팔과 다리, 손과 발 가운데
몸의 뭣보다 머리가 으뜸이지."

잠시 침묵의 시간이 흐른다. 이 말에 이번엔 시타와 슈리다만이 서로 마주 보며 기뻐한다. 반면 풀이 죽은 난다는 머리를 푹 숙이고 맥없이 투덜거린다.

"조금 전에는 도사님께서 달리 말씀하셨지 않아요?"

그러자 카마다마나 도사님이 대답한다.

"내가 끝으로 한 말이 내 판결이다."

이제 의론의 가부와 시비를 따져 결정된 결론이 났으니 난다는 더 이상 불평할 수 없었다. 더구나 카마다마나 도사를 찾아 판결을 내자고 제의한 사람이 바로 자기 자신이었으니까. 뿐만 아니라 도사님의 탓할 데 없는 판단에 이의를 제기할 수도 없었다. 세 사람은 머리 깊이 숙여 카마다마나 도사님께 작별인사를 드리고 떠나온다. 한동안 단카카 숲을 지나온다. 말 한 마디 나누지 않고. 그러다 갑자기 난다가 멈춰서더니 즉석에서 하는 말이

"두 사람의 행복을 빌어. 난 내 갈 길을 가겠어. 전부터 그러려고 했듯이 나는 이 숲 속에 남아 은둔자가 되겠어. 지금의 이 몸으로는 속세의 세상살이가 벅찰 것 같아."

슈리다만도 시타도 난다의 결심을 바꿀 수도 나무랄 수도 없었다. 수긍이 가기도 했으니. 하는 수 없이 둘은 떠나면서 난다보고 고행 수도하는 데 너무 무리하지 말고 섭생도 게을리 하지 않도록 하라고 신신 당부한다.

"그건 내가 알아서 할 일이야."

난다가 퉁명스럽게 대꾸한다. 시타가 위로의 말을 하려고 하자 그는 침통한 표정으로 고개를 젓는다. 그런 난다를 보고 시타가 말한다.

"너무 슬퍼하지 말아요. 잊지 말아 주셔요. 난다가 승리를 거두어 저와 행복한 잠자리를 같이 할 수 있었을 뻔 했던 일을. 저도 잊

지 않을 거예요. 그리고 또 고맙게 생각할게요. 제 모든 기쁨과 행복에 대해."

"다 필요 없어요."

난다가 무뚝뚝하게 대답한다. 시타는 그에게 다정히 속삭이기까지 한다.

"때때로 꿈속에서라도 난다 당신의 얼굴과 머리를 당신 몸과 팔, 다리에 붙여볼게요."

그래도 난다의 표정은 어둡기만 하다. 그는 되풀이해 말한다.

"다 필요 없어요."

이렇게 그들은 헤어진다. 하나와 둘이. 떠나려다 말고 시타가 몸을 돌려 난다를 와락 끌어안는다.

"안녕, 어떻든 당신이 제 첫 남편으로 누가 뭐라 해도 처음으로 제게 남자를 알게 해주셨고 제가 알고 있는 사랑도 가르쳐주셨으며 제 몸속에 있는 애는 당신이 씨를 넣어주신 거지요."

이렇게 속삭이고 나서 시타는 슈리다만에게로 달려간다.

제 11 장

Transposed Heads

우공복지마을로 돌아온 시타와 슈리다만은 낮과 밤을 모르도록 관능적인 쾌락을 만끽하며 황홀경의 나날을 보낸다. 처음엔 이 두 사람 가정이 행복이 넘치는 지상천국의 구름 한 점 없는 하늘에 그 어떤 어두운 그림자 하나 없었다. 구름 없이 맑게 갠 창공에 날벼락이라도 예고하는 것 같은 이 '처음엔'이란 말은 이 이야기를 하는 제3자인 화자話者가 갖다 붙인 것일 뿐 이 이야기 속의 두 남녀는 아무 걱정도 두려움도 모르고 마냥 즐겁고 기쁘기만 했다.

진실로 이와 같은 행복이란 천국에나 있으면 있었지 지상에서는 찾아보기 힘든 것이다. 보통 세상 사람들이 수많은 도덕적이고 사회적인 조건과 상황 속에서 맛보고 누릴 수 있는 만족이나 기쁨이란 실제로 인습적으로 제약받아 극히 제한된 것이다. 따라서 임시변통의 대응책으로 자제하고 단념하며 체념하는 일이 다반사다. 우리의 욕망은 한이 없는데 그 욕망을 충족시킬 수 있는 가능성은 아주 적다. '만일 내가 할 수만 있다면'이란 가정과 소망은 온갖 방면에서 빈틈없이 '그렇게 안 돼'라는 준엄한 장벽에 부닥치게 된다.

인생은 우리더러 우리가 얻을 수 있는 것으로 만족하란다. 주어지는 것보다 주어지지 않는 것이, 되는 일보다 안 되는 일이 비교도 안 되게 훨씬 더 많다며. 그 언젠가는 이루어질 것이라는 꿈만 남아있을 뿐이다. 물론 이것은 천국 낙원의 꿈이다. 정녕코 그곳에선 이 지상에서와는 달리 금지된 것과 허락된 것이 같은 하나가 되리라. 금지되었던 불륜이 떳떳한 일이 될 것이고 떳떳하던 일도 불륜의 불장난처럼 자극적이 되리라. 그렇지 않다면 동경하고 열망하며 갈망하는 인간에게 천국이란 어떤 곳이며 그 무슨 소용 있으랴.

자, 그러니 이제 우공복지마을로 돌아온 부부연인을 기다리고 있던 운명은 바로 이러한 이 세상 것이라고는 생각되지 않는 신비로운 행복이었다. 처음에는 목말랐던 사람이 물마시듯 이들은 정신없이 이 행복의 달콤한 술을 꿀꺽 꿀꺽 마시고 삼켰다. 어찌 안 그럴 수 있었으랴.

우수한 머리의 소유자 슈리다만의 머리에 우량품 몸의 소유자 난다의 몸이 붙었으니 이제 시타는 더 이상 바랄 것이 없었다. 전처럼 남편의 얼굴에 입맞춤하면서도 남편 친구 난다의 몸을 그리워 할 필요가 없게 된 것이다. 전처럼 몸과 마음이 둘로 분열, 분리되어 고민하고 번뇌하며 고통스러워하는 대신 이제는 남편의 머리끝부터 발끝까지를 온 몸과 마음을 다해 사랑하고 즐길 수 있게 되었다.

한편 탈바꿈하여 변형, 변질된 남편 슈리다만을 좀 살펴보자. 아내 시타 못지않게 그 얼마나 스스로 자랑스럽고 기뻤을까! 그토록 완벽하고도 철저하게 아내를 즐겁고 행복하게 해 줄 수 있는 유능한 남편으로서. 그의 몸이 전보다 축나고 못쓰게 되었다면 모르되 누가 봐도 훨씬 더 좋아졌으니 변한 그의 모습을 보고 가족이나 동네 사람들이 놀랐을까봐 우리가 걱정할 필요 없으렷다. 역시 변한 모습으로 난다가 슈리다만과 같이 나타났었다면 뭔가가 크게 잘못됐다고 이상하게들 봤겠지만.

그러나 난다는 우리가 알다시피 같이 함께 돌아오지 않고 저 단카카 숲에 남아 은둔자가 되고 말았으니. 사람들은 슈리다만의 몸이 변한 것이 그가 행복한 결혼생활을 하는 바람에 그렇게 되었으리라고 생각하는 도리밖에 없었으리라. 그가 입는 옷도 난다의 복장이 아니고 어디까지나 슈리다만의 것이었으니까. 이 점에서 우리는 부인하거나 부정할 수 없는 증거를 보게 된다. 어떤 한 사람의 신원을 밝히고 말해주는 것은 그 사람의 몸이 아니고 얼굴과 머리라는 사실을 말이다. 우리 상상해보자. 당신의 가족이나 친지 그 누구라도 당신이 평소 잘 알고 있는 얼굴과 머리로 당신 앞에 나타났다고 할 때 그 외의 다른 모습이 어떻든 또 어떤 옷차림을 하고 있든 간에 그 사람이 정말 당신의 가족이나 친지임을 조금이라도 의심하겠는가?

이 이야기에서 앞서 말한 대로 슈리다만의 변신 직후 슈리다만 그 자신이 그랬듯이 여기에서도 우리는 슈리다만의 행복보다 시타의 행복을 먼저 생각해보았다. 그러나 행복하기는 슈리다만도 마찬가지였다. 시타처럼 얼마나 황홀한 두 사람 사이인지를 희열에 찬 그의 얼굴이 말해주고 있었다. 이 이야기를 옮기는 화자로서 나는 이 이야기를 듣는 한 사람 한 사람에게 슈리다만의 입장이 되어보라고 아무리 권해도 부족할 것 같다.

미치도록 한없이 사모하고 열망하던 여자와 극적으로 또 기적같이 결혼까지 했으나 사랑하는 신부 아내가 그리워하며 애타게 갈망하는 것은 자기의 품과 몸이 아니고 다른 남자의 가슴과 팔-다리인 줄 알게 되었을 때 그 얼마나 극심한 낙담과 실의에 빠졌었겠는가? 그랬던 그가 이제는 그 아내가 원하는 전부를 다 줄 수 있게 되었으니 그의 행운이 매혹적인 시타의 것 이상이라 해도 좋으리라. 멱감는 샘터에서 처음 본 순간부터 그녀의 신비한 매력에 사로잡혀 친구의 조롱까지 받아가며 그녀를 애절히 사모하다 못해 차라리 죽어버리려고 했던 슈리다만이 아닌가?

이토록 순수하고 절대적인 사랑은 그의 전 인격과 정신과 감정이 혼연일체가 되었던 것 아닌가? 무엇보다 그리고 본질적으로 이것이 그의 브라만 머리의 신앙적 관심사가 아니었던가? 이렇게 높은 차원의 훌륭한 머리에 비해 왜소하고 빈약한 그의 몸은 보잘 것 없는 하나의 부속물에 지나지 않았고 그가 결혼하면서 이 사실이 명백해졌으리라. 자, 그렇다면 그렇게 좋은 머리를 제대로 떠받들어주고 그 머리에 떠오르는 이상과 꿈을 실제로 실현하고 이룰 수 있는 튼튼한 몸까지 갖게 된 슈리다만의 기쁨과 만족감이 어떠하였을 지 이제 우리는 알아 짐작할 수 있지 않겠는가? 이와 같은 이상적인 행복의 극치를 두고 또 다른 천국 다시 말해 기쁨이란 이름의 낙원을 상상하고 꿈꾼다는 것은 정말 헛된 일이다.

이와 같은 이상향, 황홀경 아니 무아지경에 이르면 심지어 불길한 조짐의 '처음엔'이란 말조차 끼어들 수 없으려니와 그런다 해도 아무런 의미가 있을 수 없으리라. 그런 어두운 불길한 예감이 당사자의 의식 속에 있는 것 아니고 오직 다만 이야기꾼 머릿속에 객관적이고 일반적인 하나의 그림자를 던지는 것일 테니…….

그러나 이제 부득불 그 사태의 추이를 말하지 않을 수 없으렷다. 오래지 않아 곧 인간적인 요소가 고개를 들기 시작했음이다. 그렇다. 진실로. 아마도 처음부터 세속적인 제한조건이 설정되었으리라. 천국에서라면 있을 수 없는 그런 걸림돌이. 우리는 이미 알고 있다. 엉덩이가 특히 아름다운 시타가 만물의 어머니 여신이 시키는 대로 신체 복구 작업을 하다 저지른 실수를. 그 실수란 시타가 무턱대고 맹목적으로 서두르다 저지른 실수일 뿐만 아니라 아주 전적으로 무턱댄 맹목적인 것만이 아니었으리란 것이다. 이 문장은 심사숙고한 숙려 끝에 쓰인 것이므로 잘 이해돼야 하리라.

자유자재로 여러 가지 온갖 현상을 만들어내는 권능을 가졌다는 여신 마하마야의 불가사의한 힘 마력, 삶의 모든 상상, 환상, 망상이라는 환영과 환각, 착각과 미망을 지배하고 다스리는 그 마법이 언제나 모든 인간을 사로잡고 있으나 그 어떤 무엇보다도 사랑이란 것에서처럼 사람을 매혹시키고 괴롭히는 그 마술의 힘이 십분 발휘되는 일도 없으리라. 한 사람이 또 한 사람을 사랑하며 갈망하고 열망하는 일은 인간의 모든 애착과 얽힘과 인연의 원형이며 본질이리니 이 사슬과 수레바퀴에서 그 아무도 벗어날 수 없으리라. 사랑신의 가장 교활한 짝 욕망과 욕정이란 것이 괜히 있는 것 아니다. 마하마야의 마법과 마력을 가진 여신이.

어떤 현상도 다 매혹적으로 그리고 탐스럽게 조작하는 아니 그렇게 보이도록 하는 요술 말이다. '현상'이란 단어 속에 내포되어있는 감각적인 요소가 그 말부터가 찬란하고 아름답다는 관념적인 것이 아닌가? 돌이켜볼 때 바로 이와 같은 하나의 현상이 시타라는 미혹하고 현혹시키는 여신의 한 작품이 아니었던가? 시타의 모습을 그토록 눈부시게 아름답고 탐스럽게 만들어 논 것이. 특히 감수성이 예민해 현혹되기 쉬운 젊은이 슈리다만에게 있어서. 저 멱감는 샘터에서 옷 벗은 처녀가 고개를 돌려 얼굴을 나타냈을 때 두 젊은이가 그 얼마나 더욱 홀리고 흔희작약했던가? 매혹적으로 아름다운 몸뿐만 아니라 얼굴도 작은 코와 입술, 눈썹과 눈, 모두가 너무 너무 사랑스러움에. 이런 모습과 형상에 한번 홀리다보면 슈리다만 같이 그는 그가 홀린 대상에만 사로잡히는 것 아니고 그가 탐하는 욕망 그 자체에 사로잡히게 되어 그가 추구하는 것은 결코 제 정신이 아닌 흥분과 도취 그리고 열병 앓듯 하는 열광일 따름이다. 그가 무엇보다 가장 두려워하는 것은 그가 마침내 드디어 환상에서 깨어나는 환멸이다.

두 젊은이가 샘터에서 멱감는 처녀를 몰래 지켜보면서 아가씨의 얼굴도 예쁘다고 기뻐 날뛰었다면 마하마야의 요술과 주술적 의미와 가치에 있어서 몸과 팔, 다리가 머리와 얼굴에 달려있는 것으로 전자가 후자에 의존하고 있음을 말해주고 있지 않은가? 그러니 카마다마나 도사도 정확히 올바르게 보고 머리가 팔, 다리의 주인이라 하면서 이에 따른 판결을 공정하게 내렸으리라. 진실로 사랑을 할 때 어떤 사람의 가치와 인상을 결정하는 것은 그 사람의 몸과 팔, 다리가 아니고 그 사람의 머리와 얼굴이다. 다른 머리 다른 얼굴이면 사정과 상황 그 정황이 달라진다는 표현으론 부족하다. 머리와 얼굴의 그 어떤 단 하나의 특징, 단 하나의 표정, 그 윤곽의 어떤 단 하나의 선만 바뀌어도 전체 인상이 달라지는 법이다.

여기에 시타의 과오와 잘못이 이중으로 있었던 것이다. 시타는 실수가 (전적으로) 실수가 아닌 실수를 저지르고 내심 속으로 기뻐했으리라. 자기의 목적을 달성했고 그녀의 꿈과 소망이 드디어 이루어졌다고. 그녀에게 그렇게 보였을 테고 또 그렇게 그녀는 기대했었을 일이니까. 떳떳하게도 남편의 머리와 얼굴이란 간판 아래 따라붙은 아니 그 간판 뒤에 숨겨진 애인의 몸과 팔, 다리를 기어이 차지하게 되었다고. 그러나 아뿔싸, 이건 낭패로군. 이런 변이 어디 또 있을꼬. 그렇게 늘 활기차고 팔팔하기만 하던 난다의 몸이 슈리다만의 머리 그러니까 뾰족한 코와 사색적이면서 다정다감한 눈 그리고 부드러운 수염이 부채모양으로 나있는 귀공자의 얼굴과 결합하자 그 몸은 더 이상 전의 난다 몸이 아닌 아주 전혀 다른 딴 것이 되었으니…….

즉시로 그 첫 순간부터 다른 몸이 되기 시작한 것이다. 늘 다른 현상과 형상을 만들어내는 마하마야 여신의 농간질인지 몰라도. 그러니 한 변화에 대해서만 얘기하는 것 아니다. 이와 때를 맞춰 또 하나의 다른 변화가 일어나고 있었으니 이를 어찌 하리오! 시타와 슈리다만이 '처음엔' 비길 데 없는 사랑의 기쁨으로 그들의 관능적 쾌락을 유감없이 한껏 즐기는 동안 그토록 시타가 자나 깨나 절절히 절망하며 탐내다 마침내 획득한 친구의 몸 (우리가 슈리다만의 머리에 매달린 난다의 몸을 아직 그렇게 지칭한다고 할 때, 실제로는 저 멀리 떨어져 있는 남편의 몸이 친구의 몸이 되었음에도 불구하고) 그 난다의 몸이 남편의 머리와 결합하면서, 저절로, 마하마야 여신의 장난질은 제쳐 놓고, 아주 다른 몸이 되었다. 그 머리의 영향을 받고 그 머리의 지령을 따라 그 몸이 점차로 애초의 남편 몸같이 된 것이다.

한 남자와 한 여자가 결혼해 같이 살다보면 흔히 있는 일이다. 이 점에서 시타의 경우도 크게 다르지 않았다. 결혼 전에 식음을 전폐하고 잠 못 이뤄가면서 친구를 다리 놓아 그토록 애절하게 청혼하고 구애하던 그 수척한 남자가 이미 아니었다. 현재 남편이란 사람은. 그러나 여기엔 또 좀 다른 뜻과 이유가 있었다.

슈리다만의 머리가 지배력과 영향력을 행사해 옷 입는 데 있어서도 전처럼 자기 옷을 입지 그의 새 몸에 난다가 입던 옷을 걸치지 않았다. 그리고 전에 난다가 그랬듯이 몸에다 겨자기름을 바르지도 않았다. 그의 머리 다시 말해 그의 코가 다른 사람의 몸이 아닌 제 몸에서 나는 겨자기름 냄새를 견딜 수 없어했다. 그러나 이것은 시타에게 실망을 주는 일이었다. 또한 약간 실망스러운 일은 그의 앉는 자세도 난다의 소탈한 모습이 아니었다. 하지만 이런 것들은 대수롭지 않은 일이었으리라.

브라만의 자손인 슈리다만은 이제 난다의 몸을 갖고서도 전과 같이 살 수밖에 없었다. 대장장이도 소직이도 아닌 상인의 아들로 상인인 그는 부친을 도와 자기 신분에 상당한 가업을 이어나가고 있었다. 아버지가 연로해 몸이 쇠약해지자 그가 사업을 전적으로 인계 맡았다. 무거운 망치를 휘두르거나 소를 몰아 들과 산으로 풀밭 찾아다니는 대신 무명옷감과 장뇌樟腦, 비단과 옥양목, 절굿공이와 장작을 팔고 샀다. 그리고 틈틈이 그는 베다 성전을 읽는 것이었다.

그러다 보니 (그러지 않아도 이 이야기가 기적같이 불가사의한 이야기로 들리겠지만) 그렇게 우람하고 튼튼하던 두 팔이 힘이 빠지고 점점 가늘어졌다. 그의 가슴도 좁아지고 배에 볼품없는 살만 찌기 시작한 것이다. 다시 말하자면 한 마디로 옛날의 남편 몸이 되어갔다. 이러한 변화가 일어나는 것을 목격하면서 시타는 얼마나 괴롭고 고통스러웠으랴. 여기서 우리가 마하마야 여신의 개입은 차치물론하고라도 이렇게 생기는 몸의 변화 전부 다 꼭 전보다 못해졌다고만 할 수는 없을는지 모를 일이다. 그 변화의 일부는 인도 사성의 제1계급인 승려계급 브라만으로의 상승작용으로 촌스럽고 투박한 몸을 귀족화시켜주고 세련되게 해줬으니. 전보다 피부도 희어지고 손, 발도 적어지고 뼈마디며 무릎도 가냘프고 섬세해져 전에는 제 멋대로 활개 치며 주인 노릇하던 몸이 이제는 귀족적인 머리에 붙은 부속물로 무기력하고 비굴한 종살이나 하게 된 것이다.

신혼의 즐거운 때가 지나자 시타와 슈리다만의 결혼생활이란 이상과 같았다. 그렇다고 난다의 몸이 슈리다만의 몸으로 완전히 바뀐 것은 아니다. 만일 그랬다면 참으로 모든 것이 옛날과 아주 똑같아졌으리라. 우리가 하는 얘기를 과장하는 대신 신체의 변화를 명백한 몇 가지 특징에 국한시킨 요소와 요인을 강조하는 것이다. 무슨 뜻인가 하면 실제로 일어난 머리와 몸 사이의 일방적이 아닌 상호작용을 말함이다. 그의 '나'와 '나의 느낌'을 좌우하고 조절하는 슈리다만의 머리 또한 변했다는 의미이다. 이와 같은 현상을 머리와 몸에 공통되는 자연 생리적 분비작용으로 볼 수도 있겠으나 철학적으로는 더 좀 고상하게 설명할 수 있으리라.

대저 무릇 세상에는 지성의 흥미를 끄는 아름다움 곧 지성미와 감각을 자극하는 관능미가 있다. 혹자는 아름다운 것은 오직 감성의 영역에 속한다며 지적인 것과 완전히 분리시켜 세상을 둘로 갈라놓는다. 이것이 베다 성전의 가르침이다.

"온 우주 가운데서 맛볼 수 있는 희열은 두 가지뿐이니, 몸으로 느끼는 즐거움과 정신 곧 마음으로 얻게 되는 기쁨이라."

그러나 이와 같은 교리적 주장을 따르면 정신과 아름다움과 추함 사이의 관계가 이상해진다. 정신적이고 영적인 것과 추한 것이 같은 것도 아니고 그럴 필요도 없다. 왜냐 할 것 같으면 우리는 아름다움을 아름다운 것을 통해 알게 되고 사랑하게 되며 이러한 사랑을 영적인 아름다움이라 표현하기 때문이다. 따라서 이 같은 사랑이 당치 않은 것도 가망 없는 것도 아니다. 그 이유는 상반되는 반대의 상대끼리 서로 끌리고 끄는 인력 아니 매력의 법칙에 따라 아름다운 것은 영적인 것을, 영적인 것은 아름다운 것을 동경하며 찾게 되는 까닭이다.

세상이 그렇게 만들어져있지 않다. 정신은 정신만 육체는 육체만을, 혼은 혼만, 미는 미만을 사랑하도록 말이다. 진실로 이 둘 사이의 대조, 대비가 지적인 동시에 미적으로 명확히 말해준다. 세상의 목적과 목표는 혼과 아름다움의 결합으로 더 이상 분리되지 않은 전체 아니 하나로서의 더할 나위 없는 행복임을. 우리가 지금 하고 있는 이 이야기는 바로 이런 목적을 달성하려는 노력에 수반해서 일어난 하나의 그릇된 출발과 실패담이다. 다시 좀 살펴보자.

바바부티의 아들 슈리다만에게 실수로 아름답고 튼튼한 몸이 주어졌다. 아름다움을 사랑하는 그의 고상한 머리의 동반자로. 그러자 그의 지적인 두뇌가 즉시 슬픈 사실이랄지 현실을 간파한 것이다. 그가 추구하던 이상異常한 이상理想이 더 이상 동경의 대상이 아닌 그의 현실이 된 것이다. 다시 말해 그는 이제 그가 추구했던 그 자신이었다. 불행히도 이 슬픔이 그의 머리가 새 몸으로 인해 갖게 된 변화를 거치는 동안 줄곧 내내 떠나지 않았다. 왜냐하면 그의 머리는 그가 동경하는 것을 추구하는 머리이지 소유하는 머리가 아니라서다. 그가 추구하던 아름다움을 소유함으로서 그 아름다움에 대한 사랑과 그 아름다움 자체의 영적인 아름다움까지 잃어버리는 결과에서다.

그의 신체적인 변화가 없었다 하더라도 단순히 그가 사랑스러운 시타를 소유한 까닭에 이 슬픈 현상은 어차피 일어나지 않았을까 하는 문제는 의문으로 남아있을 뿐이다. 이미 언급된 바와 같이 일반적으로 모든 경우가 다 크게 다르지 않고 비슷하다 해야 하리라. 설혹 경우마다 상황에 따라서 과장되고 강조된다 하더라도. 이 이야기를 듣는 사람에게는 단지 하나의 흥밋거리이겠으나 변하는 남편의 모습을 옆에서 지켜보는 시타에게는 너무도 비통한 일이었으리라.

얄팍하던 입술이 두툼해지다 못해 두루마리 살로 퉁퉁해지고 칼날같이 뾰족하던 콧등에도 살이 쪄 염소 코처럼 되고 사색적이던 눈매가 호탕하게 변했다. 결국 슈리다만의 몸은 세련되어지고 반면에 머리는 조잡해졌다. 어느 한 구석 제대로 된 데가 없었다. 여기서 이 이야기 듣는 사람들이 상상 좀 해보기 바란다. 이렇게 해괴망측하게 변하는 남편의 모습을 똑똑히 보면서 시타가 어떤 생각을 했을지. 저 멀리 있는 친구 난다의 몸에도 발생했을 변화에 대해서 말이다.

시타는 결혼한 첫날밤에 의식적으로나마 안았던 남편의 몸에 대해 생각해 보았다. 지금의 남편은 그 때 그 몸이 아니다. 그렇다고 더 이상 친구 난다의 몸도 아니다. 그렇다면 이와 정반대의 똑같은 현상이 친구 난다에게도 일어나지 않았겠나 하는 결론에 도달하니 시타는 밤낮으로 안절부절 못하게 된다. 심지어 남편의 품안에서조차. 그러니 슈리다만은 다시 전처럼 외롭고 쓸쓸히 겉돌게 된다. 멀리 떨어져있는 난다를 불쌍히 여기고 그리워하는 시타 주위로.

제 12 장

Transposed Heads

달이 차고 때가 되자 시타는 아들을 낳았다. 이름을 사마디라 지었는데 '수집해 모았다'는 뜻이다. 관습대로 악귀를 쫓는다고 어린애 머리에 소똥을 얹고 소꼬리를 머리위로 흔들었다. 어린애 부모(이 부모란 말이 이 경우에도 맞는다면)의 기쁨이 대단했다. 애가 핏기 없이 창백하지도 않고 눈 먼 장님이 아닌 것을 보고. 살빛도 검지 않고 흰편이었다. 엄마 쪽을 닮아서인지는 몰라도. 그런데 이 어린애가 크면서 아주 심한 근시가 아닌가! 이런 식으로 좀 은밀히 민속신앙 미신이 그 뜻을 이룬다고 말하는 사람도 있겠고 그렇지 않다고 하는 사람도 있으리라.

그래서였을까 사마디는 눈먼 애란 뜻의 안다카라는 별명을 갖게 되고 점차로 본명보다 이 별명으로 불리게 된다. 이렇게 심한 근시로 그의 영양처럼 부드러운 눈이 엄마의 눈처럼 매력적이었다. 어떻든 그는 엄마를 많이 닮아 그림같이 예뻤다. 슈리다만은 아들을 끔찍하게 사랑하면서 마음의 위안을 얻는다.

그러나 이 어린애가 엄마 젖을 먹으면서 날로 사랑스럽게 자라는 동안 슈리다만의 모습은 점점 옛날로 되돌아간다. 그럴수록 시타는 남편에게서 더욱 더 정나미가 떨어지는 반면 저 멀리 있는 난다가 보고 싶어진다. 이 어린애를 갖게 해준 애기아빠는 난다라고 느끼면서 그 몸이 또한 어떻게 변하고 있는지 몹시 궁금해진다. 그에게 예쁜 애기도 보여주고 싶어 미칠 지경이 된다. 그렇다고 남편에게 사실대로 말도 못하고 고민하던 중에 마침 슈리다만이 장사 일로 얼마 동안 집을 떠나있게 되자 시타는 그 틈을 이용해 난다를 찾아가 보기로 결심을 한다.

봄날 이른 새벽 동도 트기 전 하늘에 별들이 총총한데 네 살짜리 아들을 데리고 아무도 모르게 집과 마을을 빠져나온다. 여행길에 먹을 음식자루를 등에 지고. 가는 길에 만나는 사람들마다 이 모자를 돕는다. 남편과 아빠를 찾아간다는 아름다운 여인과 사랑스럽고 귀여운 어린애를. 이들이 들리는 마을마다 사람들이 잠자리와 먹을 것을 제공했다. 어린애에게는 갓 짠 우유를. 때때로 인심 좋은 농부들이 이들 모자를 소달구지에 태워주기도 한다.

이렇게 타기도 하고 걷기도 하면서 시타는 단카카 숲에 도달한다. 그런데 그 곳의 은둔 생활하는 성자들에게 물어봐도 다들 모른다고 한다. 난다가 어디 있는지. 그러나 귀엽고 기특하다고 먹을 것도 주며 어린 사마디를 안아주는 인정 많은 그들의 부인들이 성자들 몰래 알려준다. 어디에 난다가 있다고. 성자들의 세계도 다른 인간세계와

다를 바 없다. 서로 시기, 질투, 경쟁하면서 헐뜯고 험담하기는 매일 반이다. 듣기로는 남서쪽 멀리 고마티 (牛江이란 뜻) 강가에 있는 숲 속에 살고 있는데 이곳에서 난다는 목욕하고 침묵을 지키는 일 외에는 별다른 금욕이나 극기행동도 하지 않고 과일, 곡식은 물론 가끔씩 새도 잡아먹으며 산단다.

성자가 되기 위해 금욕 수도하는 은둔자가 아니다. 그러니 다른 은둔자들이 볼 때 그는 도를 닦는 사람이 아니고 그냥 세상을 멀리하고 사람들을 피해 혼자 조용히 지내는 다른 의미의 은둔자였다. 그가 있다는 고마티강까지 가려면 이레가 걸리는 먼 길이었다. 가는 길엔 특별한 어려움이 없었다. 산적들이 나온다는 산길과 호랑이와 뱀들이 있다는 골짜기를 잘 피해가는 일 말고는. 아마 필시 사랑의 신 카마가 행운의 여신 슈리-락슈미와 더불어 시타와 사마디 이 모자순례자의 길을 안내하며 이들을 보호해주었으리라. 시타가 어린 아들을 품에 안고 가듯이.

이들이 고마티강에 도착한 것은 풀잎에 맺힌 이슬이 햇빛에 반짝이는 아침이었다. 꽃이 피어있는 강가를 따라가다가 들판을 지나 숲에 다다른다. 붉은 나무에 핀 붉은 꽃들로 불타오르는 숲만 같다. 떠오르는 아침 햇살을 받아 더욱 찬란히 눈부시다. 손으로 햇빛을 가리고 둘러보니 조그마한 초막이 하나 시타의 눈에 들어온다. 그 뒤에 한 남자가 도끼로 나무를 패고 있다. 가까이 가서 보니 그의 팔은 옛날 시타가 처녀 때 하늘 높이 그네 태워주던 그런 팔이었으나 그의 코는 염소 코가 아닌 뾰족한 것이었다.

"난다!"

시타가 기뻐 외친다.

"난다, 보셔요. 당신 보러 온 시타라고요."

그 순간 그는 도끼를 내던지고 시타에게로 달려온다. 얼마나 수많은 날과 밤을 두고 기다려왔던 순간인가!

"그대가 정말 날 찾아왔단 말이오. 시타, 내 사랑하는 아내여! 얼마나 많은 꿈속에서 날 찾아왔듯이 이제 정말 이렇게 찾아왔단 말이오. 이게 정말 당신이오. 내 사랑하는 시타. 아, 이게 꿈이요 생시요. 믿을 수 없구려. 한없이 아름다운 내 여인이여! 그런데 이 아이는 누구요?"

"우리 결혼 첫날밤에 당신이 제 몸속에 넣어주신 당신 씨의 열매지요. 당신 몸이 아직 난다의 것이 되기 전에 말이에요."

"이 아이의 이름은?"

"사마디인데 안다카라고 더 많이 불러요."

"그건 또 왜?"

"너무 근시라서 그래요. 제 앞 세 발자국 거리 밖에 못 봐요."

이렇게 시타는 대답한다. 난다와 시타는 애를 초막에서 좀 떨어진 풀밭에 데리고 가 거기서 꽃과 열매를 갖고 혼자 놀게 한다. 그러는 동안 두 연인은 망고꽃향기 속에서 새소리에 장단 맞춰 미친 듯이 서로를 끌어안는다. 그야말로 황홀하게.

제 13 장

Transposed Heads

이 두 연인의 꿈같은 행복도 하루밖에 가지 못했다. 그 날과 밤이 지나 그 다음 날이 새기도 전에 슈리다만이 나타난다. 돌아온 슈리다만이 집이 빈 것을 보고 그의 처가 어딜 갔는지 그는 대번 알아챘다. 그의 가족들은 큰일이라도 날 것으로 생각했으나 아무 일도 없었다. 마치 미리 알고 있기라도 했던 사람처럼 그는 태연했다. 그리고 서두르는 기색도 없이 난다가 있는 곳으로 향했다. 실은 그가 미리 알고 있었다. 난다가 있는 곳을. 다가올 운명을 재촉해 앞당기지 않으려고 시타에게 알려주지 않았을 뿐이다.

약간 고개를 떨어뜨린 채 그는 야아크 소를 타고 왔다. 난다의 초막 앞에서 내려 날이 밝기를 앉아 기다렸다. 초막 안의 서로 부둥켜안은 두 사람을 방해하지 않고. 그가 느끼는 질투심은 보통 세상 사람들의 불타는 그런 것이 아니었다. 어쩌면 지금 시타가 끌어안고 있는 몸은 자기 자신의 전신前身이라는 사실 때문에 그 질투심이 약해졌으리라. 두 사람의 관계를 그렇다면 간통으로 볼 수 없지 않은가? 이제 와서 슈리다만에게 있어서는 시타가 누구와 같이 자는가가, 자기와 자는가 아니면 친구 난다와 자는가가 중요하지 않게 되었다. 어떻든 시타는 한 남자와 자도 언제나 두 남자와 자는 것이니까. 한 번에 동시에 말이다.

그래서 그가 여기까지 오는데 서두르지도 않았고 초막 앞에서 날이 새기를 기다리는 인내심도 생겼으리라. 날이 밝자 어린 안다카는 아직 자고 있는데 시타와 난다가 목에 타월을 걸치고 근처에 있는 냇가로 멱 감으러 초막 밖으로 나오다 등을 돌리고 앉아있는 슈리다만을 발견한다. 슈리다만은 얼굴을 돌리지 않는다. 시타와 난다 두 사람이 슈리다만 앞으로 와서 그에게 겸연쩍게 인사를 하고 슈리다만의 처분만 기다린다. 고개를 깊이 숙여 절하면서 시타가 말한다.

"슈리다만, 제 주인이고 남편이신 당신, 어서 오셔요. 당신을 반기지 않는다고 믿지는 말아주셔요. 우리 세 사람 가운데서 둘만 같이 있을 때면 언제나 하나가 빠져 그 사람이 생각나고 그리워져요. 그래서 당신과 같이 살면서도 늘 난다를 보고 싶어 하다가 더 이상 참지 못하고 찾아오게 되었어요. 그러니 절 용서해주셔요."

그러자 슈리다만이 대답한다.

"난 당신을 용서하오. 그리고 난다 다정한 내 친구, 난 너도 용서하네. 네가 날 용서해주도록. 그 성자의 판결대로 네 생각 하지 않고 내 생각만 해 시타를 내 차지로 한 내 행동에 대해 말이네. 성자의 판결이 네 쪽이었다면 너도 나처럼 했을 거야. 이 세상 삶의 광증狂症과 불화 속에서 너 나 할 것 없이 인간은 서로 서로에게 방해가 되고 헛되이 동경하지. 한 사람의 웃음이 또 한 사람의 눈물이 안 되는 세계를. 난 내 머리에 지나치게 큰 비중을 두었던 거야. 네 탐스럽던 몸을 내가 갖게 된 것을 기뻐하면서도.

시타가 그토록 갈망하는 모든 것을 내가 다 줄 수 있게 되었다고. 그러나 사랑은 머리와 몸, 영혼과 육체, 둘 다라야지 그 일부만일 수는 없는가봐. 그래서 우리 시타가 네 머리를 찾아 내 집을 떠나온 거야. 이제라도 시타가 네게서 영원한 기쁨과 만족을 얻을 것이라고 내가 믿을 수만 있다면, 난 너희 두 사람의 행복을 빌며 돌아가 내 집에서 은둔자가 되겠어. 그러나 너하고도 시타가 영원히 행복하리라고 난 믿지 않아. 친구의 몸에 붙은 남편의 머리를 소유하면서도 시타는 남편의 몸에 붙은 친구의 머리인 너를 못 잊어 애까지 데리고 찾아왔듯이 그와 똑같이 아니 그 정반대로 너와 살다보면 또 시타가 친구의 몸에 붙은 남편의 머리인 나를 못 잊어 애를 데리고 다시 내게로 올테니까. 그렇다고 일처다부제가 허용되지 않는 세상이니 시타가 우리 두 남자랑 같이 살 수도 없고. 시타, 내 말이 맞지?"

이 물음에 시타가 대답한다.

"아아, 참으로 그래요. 당신의 말씀이 옳아요. 유감스럽게도 정말 그러네요. 그러나 '유감스럽다'는 제 말은 일처다부제를 두고 하는 건 아니에요. 그건 당치않고 생각조차 하기 싫어요."

그러자 다시 슈리다만이 말한다.

"그런 줄 나도 알고 있어요. 시타, 이제 당신이 나와 내 친구 우리 두 남자 둘 다 하고 동시에 살 수 없으니, 그리고 우리 두 사람 중 아무하고도 살 수 없으니 남은 일은 단 하나밖에 없어요. 내 친구 난다도 나와 같은 생각일거요. 몸과 머리를 서로 교환했던 우리 두 사람이 분열된 우리 자신을 없애버리고 승화시켜 우주자연의 본질로 돌아가는 것이오. 우리 자신을 화장해버리는 수밖에 없단 말이오."

이번엔 난다가 말한다.

"슈리다만, 형의 말이 옳아. 더 이상 옳을 수 없어. 전에 내가 했던 말 잊지 않았겠지. 무조건이었어. 형과 내가 같이 죽겠다고 했던 말. 이제 우리 둘 다 시타와 잠자리를 같이 해 우리의 욕망을 충족시킨 이상 우리가 우리 몸으로 더 할 일이 뭐가 있겠어? 그러니 형의 말에 전적으로 동의해. 이제 화장할 장작더미를 내가 쌓을게. 슈리다만, 형이 알고 있지. 난 형과 죽을 준비가 전부터 되어있었고 형이 여신께 형의 목숨을 제물로 바쳤을 때 나도 형 따라 했음을. 내가 형을 배신한 일이 있다면 시타가 내 아들이라고도 할 수 있는 사마디를 데리고 날 찾아왔고 지금의 내 몸이 시타가 결혼한 남편인 형의 몸이었기 때문이야."

"그런데 참, 안다카는 어디 있지?"

슈리다만이 묻는다.

"초막에서 아직 자고 있어요."

시타가 대답하고 계속해 말한다.

"이제 우리 아이 장래를 생각해봐야겠어요. 두 분이 불에 타 우주 자연의 본질로 돌아가시면 저는 어떡하죠? 애비 없는 아이를 저 혼자의 힘으로라도 키워야 하는지? 그러자면 제가 사람들로부터 손가락질 받게 되어 우리 애한테 수치와 오욕만 초래할 테고요. 남편 따라 순사殉死하지 않은 몹쓸 년의 자식이라고요. 그러니 저도 두 분과 함께 불에 타죽겠어요. 그러면 열녀비도 세워지고 우리 아이가 사람들의 대접도 받게 될 것이에요. 난다, 우리 세 사람의 화장 장작더미를 쌓아주셔요. 두 분과 삶의 잠자리를 같이 했듯이 두 분과 죽음의 잠자리도 같이 할래요. 우리는 언제나 셋이었지 않아요!"

슈리다만이 말한다.

"당신이 이렇게 나올 줄 난 다 미리 알았어. 처음부터 난 당신의 높은 절개를 알고 있었으니까. 비록 그 절개가 당신의 자유분방한 몸속에 숨겨져 있긴 했어도. 우리 아들을 위해 그런 결심을 해준데 대해 깊이 감사하오. 그런데 아내가 남편의 시체와 함께 타죽으려면 당신이 과부라야 하는 것 아니오? 우리 두 남자 중에 한 사람이라도 살아있는 한 당신은 과부가 아니니까 당신을 과부로 만들기 위해서는 난다와 내가 우리 자신을 서로 죽여야만 하오. 그래서 내가 칼을 두 자루 갖고 왔소. 내가 타고 온 야아크소 안장에 매달려 있소. 우리는 전에 각자 제 목도 스스로 잘라버린 사람들이니 이번 일은 더 쉬울 거야."

이렇게 슈리다만이 말을 마치자 난다가 소리친다.

"어서 칼을 갖고 와."

이리하여 안다카가 아직 자고 있는 초막 앞 꽃들이 많이 피어있는 풀밭에서 두 남자가 서로의 가슴을 찌르고 쓰러진다.

시타의 순사를 겸한 장례식이 하나의 커다란 축제행사로 거행된다. 수많은 사람들이 모여든다. 고아가 된 사마디 안다카가 제주상제로서 감미롭게 향기로운 백단향 옹이마디와 망고나무장작더미에 횃불을 당긴다. 하늘 높이 치솟는 불길 속에서 두 남자 시체 사이의 시타가 잠시 비명을 질렀다 해도 그 소리는 사람들의 환호성과 소라피리소리 그리고 북소리에 묻혀 들리지 않았다. 그러나 애기인즉 그 비명은 고통에서 지르는 소리가 아니고 기쁨의 환성이었단다. 사랑하는 두 남편과 하나로 결합되는 기쁨에서 부르짖는 소리였다. 시타의 희생을 기리는 오벨리스크탑이 그 자리에 세워지고 타고남은 세 사람의 뼈는 우유와 꿀을 발라 단지에 넣어 신성한 갠지스 강물 속에 던져졌다.

사마디, 그 후로는 안타카라고만 불린 시타의 아들은 엄마의 순사殉死로 유명해지고 여러 사람의 도움으로 잘 컸다. 그의 근시 때문에 세상에 한눈을 파는 대신에 학문을 닦아 나이 스물에 그는 벌써 베나리스 왕자의 스승이 되어있었다.